Valéry Bonneau

NOUVELLES NOIRES POUR SE RIRE DU DESESPOIR

VOLUME DEUX
UN MONDE MEILLEUR

ISBN-13: 979-10-93869-02-5

Les utopistes ne sont pas toujours où l'on croit.

Pour Yoann qui est toujours là.

Putain de cafetière

Patric ouvrit les yeux brusquement. Il était en retard. La luminosité était trop forte pour qu'il soit six heures trente du matin. Il regarda sa montre sur sa table de chevet. Huit heures moins le quart. Merde ! Il observa le réveil, le regarda méchamment, nota mentalement qu'un réveil ne pouvait s'émouvoir de la façon dont on le regardait, mais n'en continua pas moins. « Saleté de réveil » pensa-t-il. Saleté de putain de réveil !

Il aurait dû venir avec son réveil. Il n'aurait pas été obligé d'utiliser celui de sa fille. Ce machin luminofluorescent qui, au lieu d'émettre un bon vieux « dring », chantonne des airs d'oiseaux stupides sur fond de musique d'ascenseur à consonance pseudo orientale. Patric ne comprenait pas comment le régler. Il avait passé deux heures la veille à tenter de déchiffrer le fonctionnement de cette machine infernale. Sa fille lui avait juste indiqué « Tu verras, c'est super facile ». « Même pour toi ! » avait-elle ajouté dans un petit rire.

Résultat, il avait plus d'une heure de retard. Patric

n'aimait pas se presser. Se presser le stressait et Patric n'aimait pas le stress. Il se posa sur le lit, respira lentement. Il était ridicule de se mettre dans un état pareil pour un stupide réveil. Pourtant, il ne pouvait s'empêcher d'y jeter des petits coups d'œil. Il continuait à le regarder avec reproches. Un réveil, ça se remonte avec une petite clef, on donne une dizaine de tours, on déplace la petite aiguille sur la bonne heure, et on est réveillé par un bon vieux « dring ». Ça devrait être comme ça, un réveil.

« Je vais me faire un bon café, ça ira mieux ». Arrivé dans la cuisine, il repéra la machine, les filtres et la boite de café. Son sourire revint. Une machine à café classique. Il posa un filtre, versa quelques cuillérées de café, mit l'eau dans le réservoir. Il était en terrain connu.

Au moment d'appuyer sur le bouton pour déclencher l'écoulement d'eau, il constata que cette machine n'avait pas de bouton. Pas d'interrupteur. Mais il y avait un écran sur le côté.

– Bordel, mais c'est une blague. Même les cafetières ont des écrans maintenant ?

Et il leva la tête, prit la cuisine à témoin :

– Mêmes les cafetières sont des ordinateurs ?

Personne ne lui répondant, il reprit son activité. Il observa l'écran : sans surprise, il contenait plein de boutons virtuels. Prog, Auto, Min, Supr ? Qu'est-ce que c'était que cette histoire ? Patric voulait juste un café ! Un bon café pour se détendre, démarrer du bon pied une bonne journée. Où est le manuel de ce truc-là ? Il ouvrit les tiroirs, placards, rien.

Voilà bien quelque chose qui le dépassait : sa fille

possédait une cafetière électrique qui nécessitait visiblement un permis pour l'utiliser, et il n'y avait pas de mode d'emploi. Où était le livret de 50 pages minimum qui expliquait comment se servir de ces 4 boutons cabalistiques ? De quel cerveau malade cette cafetière avait-elle surgi ?

Chez lui, il aurait pris ses grains de café, les aurait mis dans son moulin. Il aurait tourné la manivelle plusieurs fois, aurait déposé le café dans le filtre, versé l'eau et appuyé sur LE bouton.

Il pouvait peut-être demander à sa fille comment se servir de sa cafetière. Tant pis s'il la réveillait, elle n'avait qu'à avoir des machines normales. Il frappa à sa chambre, finit par ouvrir. Elle n'était pas rentrée.

Il retourna dans la chambre prendre son téléphone portable. Comment s'allumait-il déjà ? Ah oui, le bouton vert. Il appuya sur le bouton vert, l'écran s'illumina. Il appuya de nouveau et le numéro de Chantal apparut. Chantal ? Il ne voulait pas appeler Chantal, il voulait appeler sa fille : Emma. Trop tard. Il entendit la voix de Chantal.

– Patric, pourquoi tu m'appelles à cette heure-là ? Ça va ?

Il hésita. Il ne pouvait tout de même pas lui raccrocher au nez. Comment on raccrochait d'ailleurs ? Le bouton rouge, oui, le bouton rouge ! Ce n'était pourtant pas très compliqué. Vert pour allumer et appeler, rouge pour éteindre et raccrocher. Pourquoi ne pouvait-il pas s'en souvenir ?

– Allo, Patric, tu es là ?

– Heu, oui, oui, finit-il par répondre d'une voix

empruntée.

– Ne me dis pas que tu m'as appelé par erreur.

Ah, merde.

– Heu.

– Mais c'est pas possible. Il y a deux boutons sur ton téléphone Patric. Deux.

– Je sais, je sais.

– Tu sais ? Tu sais combien de fois tu m'as appelé par erreur ce mois-ci ?

– Deux fois ?

– Deux fois par jour oui ! Et toujours à des heures bizarres. De toute manière, c'est simple, depuis que tu as ce portable, tu ne m'appelles que par erreur. Ce qui est quand même formidable. Et à chaque fois que tu veux m'appeler, tu appelles quelqu'un d'autre. Ça commence à bien faire. Va suivre une formation ou supprime mon numéro parce que j'aimerais bien faire une nuit complète de temps en temps !

Ah, ce qu'il détestait ça ! Il détestait qu'on lui fasse remarquer à quel point il était handicapé avec ces machins. Car il s'agissait de cela, d'un handicap. Les gens de son âge, la soixantaine, le comprenaient au début, mais même eux avaient progressé, tandis que lui, qui s'était d'abord entêté, avait refusé d'essayer, se retrouvait maintenant complètement largué dans un monde de cafetière programmable, de réveil numérique et autres horreurs.

– Excuse-moi Chantal, je vais faire un effort.

– Fais surtout une formation ! Deux boutons, merde !

Et elle raccrocha.

Deux boutons. Oui deux boutons, mais une infinité de possibilités pour Patric. Il y avait deux boutons, rouge et vert, mais il y avait aussi ce bouton avec une tête dessus. Ah oui, les contacts. Mais j'appuie sur le vert d'abord ou sur les contacts en premier ?

Transpirant, il imprima une légère pression sur le petit bonhomme :

« Liste de contacts » apparut sur l'écran.

OK. Maintenant, il fallait appuyer sur les deux flèches. Ça faisait 5 boutons en tout, pas deux ! Il fit défiler, arriva à Emma rapidement, car dans sa liste de contact il y avait :

- Aline, sa compagne

- Chantal, sa meilleure amie

- Emma, sa fille

- Frérot, son frère

- G!FGf, un contact qu'il n'avait jamais réussi à supprimer

- « Salaud tu vas », le début d'un SMS qui s'était retrouvé en contact sans qu'il sache comment

« Bien maintenant, je fais quoi » ? Il appuya avec le doigt sur « Emma ». Il avait vu sa fille faire ça, il s'en souvenait. Ça l'avait impressionné. Sa fille possédait un smartphone tactile. Patric appuyait sur l'écran de son vieux téléphone qui ne possédait aucun capteur tactile. Il appuya une fois, deux fois, s'énerva, ses gros doigts débordants un peu sur les flèches, et ce faisant le curseur se positionna sur Chantal tandis que son pouce mordait sur le bouton vert.

– Merde, merde.

Comme la plupart des handicapés du numérique, lorsque Patric faisait une mauvaise manipulation, il avait le sentiment qu'il venait de divulguer le code de la bombe atomique, que son compte en banque allait se vider dans l'instant, ou qu'un laboratoire allait libérer un virus pire qu'Ebola et que les trains du monde entier allaient se mettre à dérailler. Le décalage entre les conséquences réelles et celles pressenties était comique pour un observateur, pathétique pour une victime.

– Patric, tu te fous de ma gueule ?

Ah, la bombe avait bien été lancée.

– Non, mais je t'assure, je.

– Oui, tu m'assures que tu es un débile léger, j'étais au courant, je te remercie.

– Non, mais.

– Mais quoi ? Explique-moi lequel des deux boutons tu as mal utilisé.

– Il y a cinq boutons, tenta-t-il de se justifier.

– Oui, ça doit coller avec ton nombre de neurones, alors tu attribues un neurone à chaque bouton et t'essayes d'en garder un pour pas te chier dessus quand tu me téléphones.

Elle abusait un peu.

– Ou mieux, tu mets un neurone de côté pour te souvenir de ne plus m'appeler.

– Mais.

Elle avait raccroché. Il posa le téléphone, consterné. Chantal avait raison.

Il regardait le téléphone avec malfaisance. Saleté de téléphone. Il n'osait plus s'en servir. Tant pis, pas de café. Il allait boire un jus d'orange et ça irait bien.

Il tira la poignée du frigo, mais la porte refusa de s'ouvrir. Patric fixa le frigo avec effroi. Il y avait un écran dessus. Un écran sur un frigo ? Le monde était devenu fou dans son sommeil. Un bout de papier était aimanté à côté :

« Papa, c'est un frigo connecté. Ce n'est pas sale, mais tu dois lui donner le code pour qu'il s'ouvre. C'est bien pratique quand t'as une coloc voleuse».

Sa fille lui avait parlé de cette coloc qui piquait toute la nourriture. Ce frigo connecté obligeait à donner son mot de passe et faisait l'inventaire de ce qui était pris à chaque fois. Il n'avait rien compris, mais il avait retenu « code ». Quel code déjà ? 1985. Oui, c'était simple, l'année de naissance de sa fille. Il se mit bien en face du frigo, de l'écran central et dit :

– 1985

Il tira de nouveau la poignée, mais la porte résistait toujours. Il articula très précisément, un peu comme lorsque l'on parle à un étranger. Comme si le fait de parler comme un arriéré rendait plus intelligible le langage inconnu.

– Dix

– Neuf

– Cent

– Quatre

– Vingt

– Cinq

Il avait également augmenté le volume. Il hurlait presque arrivé au cinq.

Patric avait juste oublié que le frigo ne répondait pas à la parole. Il fallait taper le code sur l'écran.

Il resta encore quelques instants à gueuler « 1985 » en se décalant un peu. Puis il constata que le frigo était de marque américaine et tenta de le dire avec un accent anglais. Il avança les lèvres de manière ridicules, tendit le cou en avant et prononça, très bas pour le coup :

– Dize nuf saint cuatre wing sinque

Mais la porte restait fermée, désespérément fermée. Alors il gueula :

– Mais putain de bordel de frigo de merde, tu vas t'ouvrir.

Et il tira si fort qu'il fit tomber le micro-onde qui trônait au-dessus du frigo et faillit s'écraser sur ses pieds nus.

Patric laissa passer quelques instants, puis, remis de ses émotions, il s'assit. Pas de café, pas de jus d'orange, tant pis, il prendrait une douche rapide et profiterait d'un petit déjeune de qualité dehors.

Alors qu'il tentait de se laver avec un gant éponge, il fixait d'un air mauvais ce petit boitier bleu sur le pommeau de douche. Encore un écran, encore des boutons ! Sa fille, dans un souci écologiste de bon aloi, avait investi dans un petit minuteur qui permettait de limiter la durée de la douche. Tant qu'il n'était pas activé, rien ne coulait. Patric n'avait même pas tenté de le mettre en marche. Il s'était simplement demandé ce qu'il avait raté dans l'éducation de sa fille, pour qu'elle soit si différente de lui.

Mais peut-être qu'il avait réussi, au contraire, à l'habituer à ce monde, malgré lui.

Il se rinça avec le gant au lavabo puis s'habilla.

Avant de sortir, il voulait quand même regarder ses emails. Il se posa avec angoisse devant l'ordinateur de sa fille. Il appuya sur le symbole rond signifiant la mise en route. Ça, il s'en souvenait. C'était le même partout.

Apparut une page avec « Emma » et en dessous « mot de passe ».

Patric se mit à transpirer. Le mot de passe est un petit peu l'ail, le pieu et le soleil de midi de l'handicapé numérique.

La dernière session avec sa fille avait été terrorisante. Lorsque vous demandez son mot de passe à l'handicapé, sa première réaction est, toujours :

– Y en a pas.

Sa fille, qui savait qu'il y en avait un lui avait demandé, poliment :

– Si, il y en a un. Tu t'en rappelles ou pas ?

Patric, gagné par la panique, avait répété, « Non, mais là, y-en n'a pas. Je suis sûr ».

Le « je suis sûr » sonnait aussi faux qu'un pétomane dans un concert pour violons.

– Écoute papa, il y a un mot de passe, c'est sûr, obligé, il y a toujours un mot de passe. Regarde dans ton carnet.

Contraint, il avait pris son petit carnet. À la première page, il y avait écrit « mot de passe » et un mot de passe dessous. Mais à la deuxième page aussi. La troisième également. Tout son carnet était couvert de « mot de passe » qui n'étaient reliés à rien. Résultat, son carnet de était inutilisable. À moins de tous les essayer, tout le temps. Emma avait inscrit en rouge, sous le bon mot de passe « Messagerie ».

Rassuré, Patric tapa son mot de passe de messagerie pour entrer sur l'ordinateur de sa fille.

L'ordinateur refusa bien entendu.

L'handicapé numérique entend « mot de passe » mais n'arrive jamais à l'associer. Il faudrait disséquer un cerveau pour tenter de comprendre pourquoi ça bloque à ce point.

Patric commençait à transpirer sévèrement. Jetant des regards apeurés un peu partout, il finit par voir sur un post-it « mot de passe : papamaman ».

Soulagé, il tapa « papamaman » et la session s'ouvrit.

Il recopia l'adresse de sa messagerie, essaya plusieurs mots de passe, dont « papamaman » et enfin, le sien, et il se retrouva devant une fenêtre connue, rassurante.

Il avait 12 mails non lus. Neuf étaient des publicités de mauvaise qualité, deux étaient du spam et il y avait un message de Chantal. Envoyé trois jours plus tôt. Il cliqua dessus et voulut répondre. Cela permettrait de repartir du bon pied. Mais l'interface n'était pas tout à fait comme chez lui. Il y avait un petit bouton vert, comme un téléphone à côté. Au moment de cliquer sur « répondre », il avait cliqué dessus, sans faire exprès. Lorsqu'il vit une nouvelle fenêtre apparaitre avec un téléphone, il se remit en mode « panique nucléaire à Central Park » et fut incapable de bouger.

Le visage furibard de Chantal apparut sur l'écran :

– Patric ?

Patric était risible, car il n'avait pas compris qu'il était filmé et regardait l'écran en secouant la tête de gauche à droite et en murmurant des « Non non non » comme s'il pouvait arrêter l'appel par la pensée.

Chantal le regarda bouger, ferma les yeux, puis :

– Ça te suffit pas de me faire chier en audio, tu veux avoir l'image aussi ? Ça devient du délire.

Patric continuait à secouer la tête, totalement dévasté et marmonnait ses « oh non non non ».

Chantal qui comprenait très bien ce qui se passait finit par lancer :

– Je te vois Patric.

Patric se figea. Il ne bougeait plus du tout, très tendu. Seuls ses yeux allaient de gauche à droite, de bas en haut. Il cherchait une grosse caméra, mais ne voyait rien.

– C'est le petit œil en haut de la bordure de l'écran.

Patric qui ne bougeait toujours pas regarda plusieurs fois et finit par voir ce petit machin. Ce n'était pas une caméra. Une caméra ça ? Impossible. Il fronçait les sourcils, arborait sa plus belle bouche en cul de poule et recommençait à secouer la tête, mais plus lentement.

– Je te vois, je t'assure c'est gênant. T'as régressé depuis ton dernier appel matinal. T'as encore perdu un neurone. Fais gaffe tu vas devenir plus con qu'une poule.

Il respira, sourit, perdu, éperdu. Chantal avait raison. Il était complètement con. Il était ridicule. Il fixait l'œil de la caméra, imaginait pouvoir se venger. Il fit part à Chantal de ses sentiments :

— Tu sais, je trouve les objets méchants.

Chantal écarquilla les yeux :

— Méchants ?

— Oui. Ils sont méchants. Ce monde est méchant.

— Ah. Oui, bah, permets-moi te de dire que vu de chez moi, tu lui rends bien.

— Oui, mais quand même.

— Quand même rien du tout. Les objets ne sont ni gentils ni méchants, sois sérieux. Tu ne t'adaptes pas, tu ne t'adaptes à rien alors ça devient compliqué, mais c'est tout.

— Mais la cafetière là.

— Quoi la cafetière ?

— Elle a plein de boutons.

— Oui et alors, ça n'en fait pas une cafetière de l'état islamique bordel. C'est juste une cafetière, mais elle ne ressemble pas à la tienne.

— Mais la douche, elle a des boutons aussi.

Et tout le désespoir de Patric tenait dans ces quelques mots.

— Tu vis dans un monde de boutons et toi, t'es allergique aux boutons. Comme d'autres sont allergiques au Saint-Jacques. Ça ne rend pas les Saint-

Jacques méchantes.

– Oui, mais.

– Mais rien Patric. Si tu veux continuer à vivre dans ce monde, tu vas devoir faire un effort. Et si tu ne veux pas faire d'effort, va falloir vivre en ermite. Dans ta grotte, avec ton café en grain, ton bac d'eau pour la douche, ta paille pour dormir, ton seau pour la pisse et un trou pour ta merde.

Chantal, qui n'était plus en colère, seulement navrée pour son ami, ajouta :

– Réfléchis et on en reparle. Je retourne me coucher là, alors si tu pouvais éviter de m'appeler en allant chier connecté, ça me reposerait. Porte-toi bien.

Patric passa le reste de la journée mal à l'aise, déprimé, dépité. Il ne fit même pas attention à toutes les agressions qu'il vécut à cause des objets méchants. Son amie avait raison. S'adapter ou partir. Mais il ne voulait pas s'adapter. S'adapter à un monde qu'il n'aimait pas ? Impensable. Mais il ne voulait pas non plus quitter ce monde, vivre en ermite.

*

Patric arriva au 12 rue de la découverte. Une belle adresse, de circonstances. Chantal et Emma l'avaient convaincu. Il regarda sa convocation :

« Surmonter son handicap numérique : initiation »

Il chercha à tourner la poignée pour rentrer et se retrouva face à un digicode.

Il sourit, les digicodes, il connaissait.

Mais il n'y avait qu'une seule touche où appuyer.

Il tenta de sonner sur « Formanum » le nom de l'institut, mais c'était une bête plaque.

Il y avait un écran au-dessus. Un écran ? Avec des touches de défilement et un gros bouton avec un logo en forme de sonnette. Il appuya dessus, mais rien ne se passa. Tapota à droite, à gauche. Une voix se fit entendre :

– Bonjour ?

– Bonjour, c'est pour « Formanum ».

– Ah, vous commencez à me faire chier les handicapés là. C'est 10 fois par jour ! Même pas foutus de sonner à la bonne porte.

Une pensée suicidaire

La première pensée de Trujillo au réveil était toujours la même : « je voudrais mourir ».

Tous les matins Trujillo s'éveillait en souhaitant mourir. Et tous les matins, une seconde après que cette pensée se soit formée, Trujillo ressentait une vive douleur au cerveau, et songeait, rouge de honte et d'inquiétude qu'il devait absolument arrêter d'avoir ce type de pensée. Alors sa journée pouvait démarrer, ses pensées suivre le même cheminement que la veille.

Pourquoi Trujillo souhaitait-il une chose dont il avait la maitrise comme si elle lui était inaccessible ? S'il désirait mourir, vraiment mourir, il le pouvait. Il ne vivait pas dans un monde où le suicide était interdit, bien au contraire. Les moyens de disparaître ne manquaient pas.

Pourtant, tous les matins, Trujillo ouvrait les yeux en voulant mourir, et au moment de la décharge, il se le reprochait. Le reste de la journée, il parvenait à se contrôler, à évoquer d'autres idées et même si la mort rôdait, il réussissait à ne pas formuler la pensée "je voudrais mourir". Mais il tournait autour. Souvent, tous les jours, plusieurs fois par jour, il se demandait pourquoi il voulait une chose, mourir, et dans le même instant, dans la même pensée, il ressentait la peur de mourir. À quoi cela correspondait-il de craindre d'obtenir ce qu'il souhaitait ? Cela voulait-il dire qu'il ne souhaitait pas vraiment mourir ? Qu'il formulait l'inconcevable comme les enfants se lancent « même pas cap » ? Était-ce un défi à la mort : « je te provoque et pourtant tu ne viens pas » ? Trujillo devait être le plus mal placé pour s'expliquer son comportement. Mais il savait une chose : s'il ne voulait pas mourir, il fallait qu'il arrête de penser vouloir mourir.

Une fois par matin, tous les matins, cela faisait 30 fois par mois. Une fois par soir, car le soir, lorsqu'il s'endormait, Trujillo, fermant les yeux, s'imaginait un pistolet sur sa tempe et tirait. Tous les soirs. Avant de s'endormir, avant de penser à des choses qui n'avaient strictement rien à voir, avant de se réjouir de la bonne journée qu'il avait passée, avant de se réjouir d'avance à la pensée de la bonne journée qu'il passerait le lendemain, il visualisait un pistolet sur sa tempe et il pressait la détente. Ce qui s'apparentait à "vouloir mourir" comme le lui rappelait, sans aucun doute possible, la déflagration dans son cerveau.

Une fois le matin, une fois le soir tous les soirs, il était à 60 envies de mourir par mois, quoi qu'il arrive. Et dans la journée, il se contrôlait, mais laissait toujours échapper une pensée morbide ici ou là. Quoi qu'il arrive, 90 pensées suicidaires par mois. Quatre-vingt-dix déflagrations.

Quatre-vingt-dix envies de mourir suivies de la décharge, mais surtout de la peur, de l'inquiétude, de la pensée sœur "Faite qu'ils ne viennent pas". Pourtant ils venaient. Ils venaient toujours. Si Trujillo cherchait à ne pas garder le compte exact, au fond de lui, il le connaissait. 1,2, 33, 67, 90, 99... Mais pas 100, surtout pas 100.

Mais ces deux derniers mois, il avait atteint 100 pensées suicidaires. Deux mois d'affilée. La décharge était la même, rien ne lui indiqua qu'il avait atteint le quota malheureux, mais il le sentit. Se mit à pleurer. Et dans les quinze minutes, la sonnerie de l'appartement retentit. Sonnerie de pure courtoisie puisque la porte se dématérialisa avant qu'il pût activer le mécanisme d'ouverture. La brigade de vie se tenait devant lui. Un homme et une femme. Toujours un homme et une femme, symbole vieillissant et un peu suranné de la procréation, de la vie. Dans un monde où tout le monde ou à peu près pouvait donner la vie, le ridicule du cliché sautait aux yeux, mais ce n'était jamais la première pensée qui venait aux personnes confrontées à la brigade de vie.

La première pensée qui se formait était "combien de points me restent-ils ?" Question à laquelle la brigade répondait instantanément, qu'elle soit énoncée ou non.

— Bonjour Trujillo 127 567, disaient l'homme et la femme en chœur.

— Bonjour.

— Vous avez atteint votre quota de pensée anti vie, informait l'homme sur le ton neutre qu'il aurait utilisé pour commander une pizza.

— Vous l'avez dépassé même, ajoutait la femme, d'une voix monocorde.

– Je sais, mais je...

– Si vous souhaitez déposez un recours, adressez votre demande au Bureau de Vérification des Pensées Anti Vie, lançait l'homme.

– Le recours n'est pas suspensif de la peine, complétait la femme.

– Je sais, laissait tomber Trujillo, je sais.

– Il vous en coutera donc 3 points de vie, annonçait l'homme.

– Il vous reste désormais 2 points de vie, concluait la femme.

Deux points ? Deux points ? Cela voulait dire que la prochaine fois, la prochaine fois...

– La vie se mérite Trujillo 127 564. La vie est un don de Dieu Trujillo 127 563.

– Si vous ne savez pas apprécier la vie à sa juste valeur, d'autres sauront le faire à votre place, Trujillo 127 562

Trujillo le savait, Trujillo aimait la vie. Était-ce sa faute à lui si ces pensées sombres l'encombraient toute la journée ? Deux fois une seconde par jour, trois fois maximum, il avait cette pensée ridicule, morbide, mais c'était tout. Pas de quoi en arriver à de telles extrémités.

– Vous avez souhaité la mort 100 fois ce mois-ci, trois points de moins, reprit l'homme.

– La prochaine fois, votre vœu sera exaucé, l'informa la femme. Et il n'y avait aucune menace dans sa voix. Aucun reproche. Juste un fait. Ce que Trujillo jugeait encore plus glaçant.

Ensuite ils partirent. Et Trujillo songea au ridicule de la

situation, si, la prochaine fois, il devait faire appel du décompte. Sachant que le recours n'était pas suspensif. Il mourrait, mais sa plainte continuerait son chemin et comme pour Albertino 89 678 le jour de sa mort, peut-être, peut-être qu'il obtiendrait gain de cause, un jour, après sa mort.

Le seul moyen d'obtenir un ajournement de la peine, et peut-être récupérer tous ses points : procréer. On n'éliminait pas les anti vies qui portaient la vie. Deux erreurs s'annulent songeait-il avec amertume. Il lui restait un mois pour tomber enceint. Seul problème : Trujillo ne voulait pas d'enfant. N'en avait jamais voulu. Et trouvait d'un égoïsme sans nom de faire un enfant pour soi, pour ne pas mourir. Certains de ses amis lui avaient pourtant expliqué : « tout le monde fait des enfants par égoïsme. Personne ne procrée pour aider la société. On le fait parce qu'on a une raison égoïste de le faire. La tienne le sera un petit peu plus, c'est tout. Pas de quoi te mettre martel en tête ».

Trujillo entendait et plusieurs fois, 5, 6 fois peut-être, il s'était présenté au centre de procréation pour homme. Chaque fois, il était reparti avant le rendez-vous fatidique. Chaque fois, il s'était promis de ne plus vouloir mourir, de changer, et ainsi de récupérer ses points. Mais aujourd'hui, il ne pouvait plus se mentir. Ses alternatives : un enfant ou la mort. Un enfant ou la mort, un enfant de la mort, la mort d'une enfant. Il attendait son rendez-vous.

*

La première pensée de Trujillo au réveil était toujours la même : « pourvu que ma fille ne soit pas morte ».

La proposition

Quand l'homme en rose proposa la petite boîte à Lester, il tiqua.

— Pourquoi vous me donnez une boîte ?

— Parce que je veux vous aider.

Il aurait bien été le premier à vouloir aider Lester. Depuis que le monde était monde, personne, jamais, n'aidait les Lester. Les Lester luttaient contre le monde, le monde s'acharnait sur les Lester, mais personne, jamais, ne soutenait les Lester.

Ce Lester-là ne faisait pas exception et aurait pu écrire 10 romans pour retracer la série d'avanies, de malheurs, de méchancetés qui l'avaient mené à sa situation désespérée actuelle. Il n'était pas clochard, mais presque. Cela se jouait à peu de choses et à peu de temps. D'ici quelques mois, Lester rejoindrait la cohorte des sans espoir, comme les autres. En attendant, il n'était qu'un désœuvré un peu marginal. Sans travail, sans famille, avec un petit revenu social qui lui permettait de survivre, certainement pas de vivre.

Chercher du travail était exclu. Enfin pas « chercher », d'ailleurs, il cherchait. Ce qui était exclu, c'était d'en trouver, du travail. Dans un pays comptant 6 millions de chômeurs, tous plus diplômés, présentables, capables que lui, il continuait à chercher pour la forme.

Depuis que sa femme l'avait quitté, emmenant les enfants, Lester attendait la mort. En buvant un peu, mais pas trop. Assez pour perdre son travail. Plus d'ailleurs, car son chef voulait se débarrasser de lui que parce que l'alcool influait sur la qualité de son travail. Toujours à l'heure, toujours à faire ce qu'on lui demandait, mais Lester respirait le malheur, la tristesse. La mort de sa mère dans d'affreuses souffrances que le cancer de la peau traine toujours dans son sillage n'avait rien arrangé.

Il existe toutes sortes de cancers, et nous serions bien en peine d'en choisir un si on nous en laissait la possibilité, mais, si le cas se présentait, personne ne prendrait le cancer de l'estomac. Sauf si le seul choix restant était le cancer de la peau. Qui fait prendre tout son sens à l'expression « mourir de son vivant ». Une mort atroce que Lester n'avait pu qu'accompagner, observer, impuissant.

Aujourd'hui, libéré de toutes ces chaines, Lester se levait en entendant la voix de ses enfants lui murmurer « Papa où es-tu ? » et se couchait avec la voix de sa mère hurlant « Je souffre, Lester, je souffre tellement ». Et je ne vous parle pas des oncles, tantes, cousins, connaissances qui toutes, à un moment ou à un autre, avaient joué un sale tour à Lester. Car Lester, en plus de sa malchance, était doté d'un autre super pouvoir : il réveillait les plus bas instincts de ses contemporains.

Et ce type, paré de rose, se pointait avec sa petite boîte pour l'aider ? Elle était bien bonne.

– M'aider à quoi faire ?

– À vous venger, avait dit l'homme en rose.

Il avait une tête d'agent fédéral. Il n'y avait pas de FBI en France, mais s'il y en avait eu un, ses agents auraient eu cette tête. Non, à la réflexion, il avait un corps d'agent du FBI. Mais il avait une tête de boucher. Oui, il avait une tête de boucher posée sur le corps d'un agent du FBI. Un agent fédéral habillé en rose. Ce qui donnait un mélange particulier. Les types à gros pifs et joues couperosées ont rarement des corps d'athlète et arborent peu de costumes roses de chez Armani. Ce type ressemblait à son boucher en Armani rose. Lester pensait « son » boucher, mais il n'allait plus chez lui. Trop cher.

Lester continuait à observer l'homme en rose. Celui-ci ne se démonta pas :

– Alors, vous la prenez la boîte ?

– Y a quoi dans la boîte ? Une côte de porc ?

L'homme, interloqué, répondit :

– Une côte de porc ? Bien sûr que non. Pourquoi voulez-vous que je vous offre une côte de porc ? Dans une boîte en plus.

– Pourquoi pas ? Je ne vous connais pas. Qu'est-ce qu'il y aurait de si aberrant à offrir des côtes de porc à des inconnus ?

– Vu comme ça, vous avez peut-être raison. Toujours est-il qu'il n'y a pas de côte de porc dans cette boîte.

– Ça ne me dit ni ce qu'il y a dans la boîte, ni pourquoi vous voulez m'aider.

Le boucher habillé comme un Robert Downey Jr daltonien n'avait pas envie de continuer sur cette pente :

– Vous ne voulez pas savoir ce qu'il y a dans la boîte ?

– Vous ne voulez pas m'expliquer pourquoi vous me donnez la boîte ?

Dialogue de sourds. Le rougeaud perdait patience :

– Prenez la boîte, ouvrez-la et ensuite vous me demanderez ce que c'est.

– J'accepterai d'ouvrir la boîte si vous me dites pourquoi vous voulez m'aider.

– Mais enfin, c'est incroyable, combien de fois vous a-t-on aidé ces dernières, dix années ?

– Zéro, jamais.

– Ah ! vous voyez bien.

– Justement, c'est d'autant plus étrange qu'un type vous propose de vous aider, comme ça.

Le boucher fédéral ne s'était pas attendu à ces arguties.

– Mais qu'est-ce que ça peut vous faire, la raison ? Ouvrez la boîte.

– Ça me fait. Personne ne m'a jamais aidé de ma vie et vous arrivez de nulle part. Avec...

Il regarda encore l'homme en rose :

– Avec la dégaine de George Clooney et la tronche de Michel Galabru.

– Je vous remercie !

– Je suis pas sûr que l'inverse rende mieux. Mais vous avouerez que c'est pas banal.

– J'avoue ce que vous voulez, mais prenez cette boîte !

– Si vous étiez venu habillé en boucher, peut-être que je l'aurais prise la boîte.

– Mais qu'est-ce que c'est que ces histoires de côtes de porc et de boucher. Vous allez prendre ma boîte, oui ou merde ?

– Merde.

L'homme en rose se passa la main sur le visage, contrarié, cherchant à retrouver un calme qu'il ne s'était pas attendu à perdre.

– Nous sommes partis du mauvais pied pour une raison que je ne m'explique pas.

– Si vous me demandez...

– Je ne vous demande pas, insista-t-il, impatient, mais sans hausser le ton. Voilà, c'est mon métier. J'offre des boîtes aux gens.

– Qu'est-ce que c'est que métier ? Pourquoi vous offrez des boîtes aux gens ?

– J'offre des boîtes aux gens qui le méritent.

– Alors moi je mérite qu'on m'offre une boîte ?

– Oui, répondit l'homme en rose affichant une certaine satisfaction, espérant marquer des points.

– Alors y a des gens on leur offre des bijoux, des voitures, des appartements, et moi, vous m'offrez une boîte, c'est ça ?

– Mais ce n'est pas n'importe quelle boîte !

– Y a un bijou dans la boîte ?

– Non, mais.

– Une voiture ?

– Dans une boîte ?

– Un appartement ?

– Mais c'est une boîte, putain, comment voulez-vous qu'on mette un appartement dans une boîte ?

– Ça pourrait être un coupon pour un appartement.

– Un coupon ?

– Laissez tomber. Vous m'offrez une boîte sans bijou, sans voiture, sans appartement dedans. Je suis sûr qu'il n'y a même pas un billet.

– Non, mais...

– Mais vous m'offrez une boîte pour m'aider ? Vous venez d'où ? D'Emmaüs ? Ah mais c'est ça. Vous avez un peu une gueule de clodo, en fait. Vous avez vécu dans la rue, vous venez de vous refaire en ouvrant une boucherie et...

– Mais vous me faites chier à me traiter de clodo boucher. Ça va, c'est pas parce que j'ai un peu de couperose et un nez busqué que je suis un clochard. Ou un boucher.

– Un peu de couperose ? Ça fait longtemps que vous n'avez pas vu une glace. Votre joue, c'est du salami. Et pour le nez, excusez-moi, mais avec votre tarin, on peut faire trois pifs normaux alors le côté busqué...

– Vous allez me faire chier comme ça toute la journée ? Sans prendre la boîte.

Lester passait un bon moment. Ça faisait au moins six mois qu'il n'avait pas eu une conversation aussi intéressante. Au bistrot, où il trainait parfois, il était très rapidement navré par la trivialité des discussions. Mais là, là, le garde du corps à tête de cochon lui faisait passer un bon moment.

– Vous êtes bien agressif. Vous devez pas en refourguer beaucoup des boîtes avec une attitude pareille.

– Mais si, mais si. Tout le monde prend mes boîtes d'habitude. Les gens sont très contents qu'on leur offre quelque chose, et ils le prennent, et il y en a même qui remercient.

– Avant ou après ?

– Avant ou après quoi ?

– D'avoir ouvert la boîte ? Est-ce qu'il y en a qui remercient après avoir ouvert la boîte.

L' homme en rose sentit une brèche, s'y engouffra.

– Mais tous. Toutes. Toujours. Après avoir ouvert la boîte, ils disent merci.

– Juste comme ça ? Ils ouvrent la boîte, ils regardent et ils disent merci ?

– Non, je leur explique ce que c'est et après ils disent merci.

– Eh ! bien, expliquez-moi ce que c'est.

L'homme ouvrit de grands yeux, rougit encore un peu plus :

– Dès que vous aurez pris la boîte.

– Je la prendrai dès que vous m'aurez expliqué ce qu'il y

a dedans.

– Mais ça ne marche pas comme ça ! Vous la prenez d'ABORD et APRÈS je vous explique !

Lester lui tourna le dos et s'éloigna tranquillement. L'homme rouge en rose n'en croyait pas ses yeux. Depuis le temps qu'il offrait des boîtes, personne, jamais, ne lui avait mangé la tête à ce point. Tous les gens à qui il offrait des boîtes avaient un profil sensiblement identique. Des oubliés de la vie, des losers, des ratés, des malchanceux. Et lorsque l'on s'intéressait à eux, ils étaient tellement heureux, bouleversés, surpris, qu'ils prenaient la boîte.

L'homme se mit à courir pour rattraper Lester. Il tendit la boîte :

– Prenez là. Vraiment. J'en ai besoin. Si vous ne la prenez pas, je vais avoir des ennuis.

La conversation prenait un tour intéressant.

– Des ennuis avec qui ?

– Avec qui, avec qui, mais qu'est-ce que ça peut vous foutre ?

– Je m'intéresse.

– Avec mon patron, voilà.

– C'est qui votre patron ?

– Si je vous révèle qui est mon patron, j'aurais encore plus d'ennuis que si vous ne prenez pas la boîte. Vous ne voulez pas que j'ai des ennuis.

– Ça dépend.

– Ça dépend de quoi ?

– Ben, du genre d'ennuis et de ce qu'il y a dans la boîte.

– Quel est le rapport ?

– Si vous offrez des boîtes avec, je sais pas, une bombe par exemple. Ça me gêne pas que vous ayez des ennuis.

– Mais ce n'est pas une bombe.

– Ah, on progresse. Encore 7 000 questions et je saurai ce qu'il y a dedans.

L'homme en rose était au bord des larmes. Il y a des physionomies qui inspirent la compassion, l'empathie. Mais rien n'aurait pu faire rire Lester plus que ce gros homme rougeaud avec les larmes aux yeux parce qu'il ne pouvait se débarrasser de sa petite boîte. Lester éclata de rire :

– Dites, quand vous voulez émouvoir faut changer de gueule.

– Mais...

– Sérieux, vous êtes ridicule là. On dirait un cochon qui imite une biche.

Le type en rose allait vraiment se mettre à pleurer quand Lester lui prit la boîte des mains :

– Je vous la prends, mais vous arrêtez de chialer. Ça vous rougit encore plus la gueule et ça agresserait même un cubiste.

Le type en rose regardait Lester, sans un mot. De fait, il se retenait de pleurer, conscient du ridicule, mais le soulagement d'avoir réussi à donner la boîte faillit le faire pleurer de joie.

– Bien, alors maintenant vous allez me dire ce qu'il y a dans cette boîte ?

– Ouvrez là, fit l'homme en noir.

Lester leva la tête, le regarda :

– Vous vous foutez de moi ? Vous m'avez fait un sketch pour que je prenne cette boîte en expliquant que vous ne pouviez pas m'expliquer ce qu'il y avait dedans avant que je la prenne. Maintenant que je l'ai prise, vous allez parler.

– Mais, mais vous avez la boîte, vous pouvez l'ouvrir.

– Oui, je peux, mais ce n'est pas ce sur quoi nous nous sommes entendus.

– Mais c'est ridicule. Ouvrez la boîte !

Lester avait la boîte dans les mains, il la regarda plus attentivement. Une petite boîte, cubique, ou à-peu-près. Vingt centimètres de côté peut-être. Un petit peu moins. Peut-être quinze. En bois. Un bois quelconque. Cette boîte n'avait aucun intérêt. Il secoua la tête.

– Je n'ouvre pas la boîte si vous ne me dites pas ce qu'elle contient.

– Mais, mais, je pourrais vous dire n'importe quoi. Vous ne me connaissez pas, je pourrais mentir. Expliquer, je ne sais pas qu'il y a un lingot d'or, une bombe ou un appartement dedans. Vous seriez obligé d'ouvrir et alors vous verriez ce qu'il y a dans la boîte.

– Mentez-moi sur ce qu'il y a dans la boîte et je l'ouvre.

Il n'avait jamais rencontré un client aussi difficile. Ces remises de boîtes étaient une formalité. Qui ne rapportait rien d'ailleurs. Vous vous approchez de la cible, lui donnez la boîte, elle l'ouvre, vous demande ce que c'est, vous lui dites et vous partez. Personne n'avait jamais fait autant d'histoire.

Lester comprit qu'il était arrivé au bout de cette première étape. S'il insistait, il allait perdre le type. Alors il ouvrit la boîte, négligemment. Il resta à l'observer un instant, mais pas très longtemps. Fixa l'homme.

– C'est tout ?

– Oui.

– C'est quoi ?

– C'est un bouton rose.

Lester avait bien vu qu'il y avait un bouton rose, un gros bouton rose au centre de la boîte.

– Oui, mais il sert à quoi ?

L'homme en noir reprit un peu de son assurance. C'était son moment préféré, celui où les réticences tombaient, où les yeux s'éclairaient, l'espoir renaissait. Il adorait ce moment et allait pouvoir s'en repaitre pour récupérer un peu de cette journée.

– À faire disparaitre ceux qui vous ont fait du mal.

Lester se demandait si le type était sérieux. Il avait l'air sérieux. Était-il fou alors ? A priori oui. Mais le bouton marchait peut-être quand même. Lester sourit.

– Sur quels critères ?

– C'est vous qui décidez.

– Je décide ? Je pense à une personne, j'appuie et elle disparait ?

– Par exemple.

– Par exemple ? Et je peux appuyer combien de fois ?

– Une seule. Mais vous pouvez aussi penser « Je veux que tous ceux qui m'ont fait du mal disparaissent ».

Vous appuyez et zou.

– Zou ?

L'homme en rose se troubla un peu, et répéta, moins fort :

– Oui zou.

– Vous avez de drôle de bruitage : « Zou » pour ce qui pourrait être un génocide.

L'homme en rose sentit une vague de chaleur monter en lui :

– Comment ça un génocide ?

– Imaginez que je considère que c'est toute l'humanité qui m'a fait du mal.

L'homme en rose se détendit :

– Ah ça ? Oui, mais non, nous ne donnons pas la boîte à des gens qui pourraient penser cela.

– Et comment vous savez ce que les gens à qui vous donner la boîte vont ou ne vont pas penser.

L'homme en rose aurait tout à fait pu paniquer à cet instant. Surtout lorsque Lester ajouta :

– Vous avez eu l'impression qu'on se comprenait jusqu'à présent ? Vous êtes vraiment sûr de savoir comment je fonctionne ? Parce qu'on n'aurait pas dit tout à l'heure.

L'homme en rose posa un regard sur la boîte. Lester comprit, recula d'un pas.

– Non mon vieux, vous êtes trop loin. Et je pense, oui, que toute l'humanité me fait du mal. Mais je ne suis pas fou. Je ne vais pas appuyer sur votre bouton. Pas avec un critère aussi large.

L'homme en rose essaya de cacher sa satisfaction, mais il restait sur ses gardes.

— Vu votre tête, j'imagine qu'il n'y a pas de limite au nombre de gens qui peuvent disparaitre.

— Pas que je sache.

— C'est quoi le record ?

L'homme en noir ouvrit de grands yeux :

— Comment ça le record, quel record, mais ce n'est pas une compétition !

— Je vous demande quand même. Ça m'intéresse.

— Ça doit être la femme qui voulait faire disparaitre tous les types qui l'avaient emmerdée un jour ou l'autre dans sa vie.

— Ah. Tant que ça ?

— Quand j'ai donné la boîte, elle était clocharde.

— Ah forcément, y-a plein de gens qui emmerdent les clochards.

— Ah non, rien à voir, la plupart des gens font semblant de ne pas les voir. Mais avant, c'était une superbe femme, qui s'était fait tripoter, draguer, harceler, puis finalement violer par des hordes d'hommes.

— Et du coup ?

— 289 personnes. Zou.

Lester fit une moue.

— 289 qui vous emmerdent, c'est beaucoup. Mais quand vous pouvez en faire disparaitre 7 milliards d'un coup, c'est peu.

– Oui, mais justement, ce n'est pas un concours.

Lester secoua la tête, comme lorsque l'on s'adresse à un enfant un petit peu lent :

– Admettons que je décide que ce sont les enfants qui m'ont fait du mal.

– Les enfants, mais pourquoi ?

– C'est mon bouton non, je fais ce que je veux avec ou il faut remplir quinze formulaires pour avoir le droit de s'en servir.

– Non, vous faites ce que vous voulez, mais qui voudrait tuer tous les enfants.

– Moi peut-être, je ne sais pas encore.

L'homme en rose fit un pas en avant et Lester en fit un en arrière :

– Alors, si je pense aux enfants, j'appuie et tous les enfants disparaissent ?

L'homme en rose transpirait. La sueur ruisselait sur son visage couperosé et Lester cherchait une plaisanterie à faire sur du saucisson en sueur, mais ne trouvait rien. Une chose était sure, l'homme croyait au pouvoir de son bouton. S'il était fou, il était sincère.

– Oui.

– Mais ça va jusqu'à quel âge un enfant ?

Les yeux de l'homme en rose prirent la forme de soucoupes :

– Aucune idée.

– Voilà, c'est ce qui me gêne.

– Pourquoi ?

– Moi, les gens qui m'ont fait du mal ce sont les enfants de plus d'un mètre 69.

L'homme en rose secouait la tête :

– Ça n'a aucun sens.

– C'est votre histoire ou la mienne. Je suis petit, j'étais petit à l'école. Aujourd'hui, quand je croise un enfant plus grand que moi, ça me fait du mal. Je me sens diminué. Et c'est vrai depuis la primaire. Bon en primaire, y-avait pas d'enfant de 1 mètre 69, mais vous voyez l'idée.

Il ne voyait visiblement plus rien, secouait la tête machinalement. Il dit quand même :

– Des enfants de plus d'1m69 ?!?

– Voilà et c'est pour ça que j'aimerais savoir à quel âge ça s'arrête. Si c'est 15 ans ou 18. Ça fera pas le même nombre d'enfants morts.

– Mais ça ferait des dizaines de millions dans tous les cas.

– J'en sais rien, votre boîte vient pas avec un compteur, si ?

– Non, mais vous pouvez l'imaginer. La plupart des gens font plus d'1 mètre 69 à 16 ans. Soyons raisonnables. Vous pouvez faire disparaitre qui vous voulez, mais peut-être pas 100 millions de personnes.

À sa grande surprise, Lester acquiesça :

– Vous avez raison. C'est ridicule. Et puis, vous savez, je ne suis pas rancunier. Les enfants sont plus grands que moi ? La belle affaire. Non, je vais viser plus petit.

Vous avez des collègues vous ?

– Comment ça ?

– Je vous demande si vous avez des collègues ? Je ne sais pas moi un homme en vert, une femme en jaune, un cochon en costard ?

Soulagé par la question, l'homme en rose répondit :

– Non, je suis le seul. C'est un métier un peu particulier.

– Ah, vous êtes le seul ?

L'homme en rose crut comprendre et lança rapidement :

– Ah non, mais, ah non, attendez, ça ne marche pas comme ça.

Il fit un pas en avant, mais Lester en fit deux en arrière :

– Si vous le dites.

– Non et puis, je ne vous ai pas fait de mal moi ! Je vous ai même fait un super cadeau.

– Peut-être, mais vous discutez, vous argumentez, vous vous moquez. Je suis sensible moi. Vous m'avez fait du mal. C'est sûr et certain. Et c'est ma boîte, mon bouton.

– Oui, mais non, c'est ridicule, soyez raisonnable Lester.

Lester sourit, un sourire qui ne plut pas du tout à l'homme en rose :

– Raisonnable ? Vous venez me donner une boîte qui peut tuer 7 milliards de personnes et vous me parlez d'être raisonnable ?

Lester secoua la tête :

– Vraiment, la rancune, c'est pas mon truc. Et puis mon

petit monsieur, il faut que vous sachiez une chose. Vous me récupérez là, clodo, en bas de l'échelle sociale, minable et vous supposez que c'est la faute des autres ?

On repartait dans la bonne direction.

— Mais oui voilà. Les autres. Et ces autres-là, vous pouvez les faire disparaitre.

— C'est plus compliqué que ça. Les autres ne m'ont pas aidé, ça c'est sûr. Ah nom d'un chien, quand j'y repense, j'ai pas eu de veine. Mais la vérité, c'est que je suis celui qui s'est fait le plus de mal. Tous les jours, je me suis automutilé, salopé, cochonné, diminué. Je ne me suis jamais aimé, rien, pas ça. Alors si je devais appuyer sur ce bouton en toute honnêteté, ce serait à moi de disparaitre.

L'homme en rose reprenait la main. Il avait souvent entendu ce laïus :

— Eh bien, pourquoi pas.

— Juste une personne de moins alors ?

— Voilà.

— Une ou deux ?

Lester appuya sur le bouton. On entendit un gros « pop », un peu mou, un peu vulgaire comme une bouse de vache géante tombant de très haut.

L'heure du choix

Abélard faisait la queue au guichet. L'affluence était pourtant réduite, mais tout tournait au ralenti. Tout le monde semblait aller à reculons : les gens devant lui, la personne au guichet et les employés qui les recevaient ensuite. Abélard attendait depuis 1 heure et il regardait sa montre de manière régulière, mais sans geste d'impatience. Au contraire. S'il avait pu laisser passer la personne derrière lui, il l'aurait fait immédiatement. Mais les panneaux étaient clairs « Vous n'êtes pas autorisés à passer votre tour ».

Alors Abélard regardait la queue diminuer et, inexorablement, son tour approcher. Son anxiété croissait et pourtant, il savait bien que ce n'était pas le moment d'angoisser. L'angoisse, la vraie, viendrait plus tard. Beaucoup plus tard. Pourtant Abélard stressait. D'autant que son choix n'était pas arrêté.

Il n'ignorait pas, grâce à quelques témoignages indirects, que personne, jamais, ne venait avec un choix figé. Et que même ceux qui prétendaient aborder la question avec les idées claires repartaient presque toujours en ayant modifié leur préférence à la dernière minute.

Abélard, aussi indécis que possible, s'attendait à un yo-yo émotionnel, émettant 15 souhaits contradictoires avant la fin de la journée. S'il angoissait, c'est que tout choix était « définitif » et qu'il n'y avait aucun passe-droit ou retour en arrière, pour personne, jamais. Certes, il avait connaissance de détournement des règles pour les puissants. Il tenait, de sources sûres, que les politiques, les banquiers, les stars, enfin les riches, n'étaient pas soumis à cette loi. Ils affichaient pourtant régulièrement leur choix, les expliquaient, les commentaient, s'en vantaient parfois, mais le peuple, les peuples n'étaient pas dupes. Et pour un humain lambda, le choix était sans retour.

Le dilemme d'Abélard restait donc entier. La personne devant lui fut appelée au guichet. Elle se retourna, souriant à Abélard, l'incitant à la doubler, mais Abélard regarda ostensiblement le panneau « Interdit de passer son tour », afficha un sourire contrit, s'en voulut de jouer cette comédie, car il ne serait jamais passé même en l'absence de panneau. Enfin, la personne avança.

Après, c'était à lui. Plus d'échappatoire. Il aurait pu feindre un malaise. Oui, il aurait pu, mais des amis lui avaient rappelé que ces tours de passe-passe n'étaient pas appréciés. Et qu'il pourrait lui en couter. Lui en couter quoi, personne ne l'avait précisé, mais la menace planait et Abélard n'avait pas envie d'être le premier à en découvrir la nature.

Ah ! c'était à lui. Il se retourna machinalement, dans l'espoir que peut-être, une personne inconsciente le doublerait. La femme derrière lui indiqua le panneau «

Interdit de passer son tour » et Abélard avança.

– Bonjour.

– Bonjour, je m'appelle Nestor Piton, répondit l'homme derrière le guichet. Son ton enjoué contrastait avec l'air d'Abélard et avec l'ambiance du bâtiment. Alors, que puis-je pour vous ?

Voilà bien une manière particulière de présenter la chose. « Que puis-je pour vous » ? Ce Nestor ne manquait pas d'aplomb. Abélard imaginait que son enthousiasme était fabriqué, de commande, pour tenter de désamorcer les conflits, énervements qui ne manquaient pas de survenir dans un tel lieu, mais tout de même. C'était un peu cavalier.

– Je viens, je viens pour le rendez-vous.

L'homme sourit, mi-amusé, mi-agacé.

– J'entends bien monsieur, vous êtes tous là pour le rendez-vous.

– Ah ! oui, forcément. Mais, je, c'est ma première fois alors, je ne sais pas trop comment...

Le sourire revint, un peu condescendant. Nestor Piton avait des sourcils très fournis qui accentuaient toutes ses mimiques, rendant certaines amusantes, mais pour la plupart renforçant leur caractère sinistre.

– La première fois bien sûr... Alors, afin que je vous oriente vers la personne la plus à même de vous aider, il faudrait que vous m'indiquiez si vous souhaitez que l'intervention se fasse par des méthodes naturelles ou pas ?

Abélard ne s'attendait pas à une question aussi abrupte. On lui avait pourtant bien indiqué à quoi s'attendre, mais personne ne s'exprimait clairement en revenant du rendez-vous. Abélard pensait que tout le monde en rajoutait. Mais il avait préparé sa réponse :

— Naturelles, je crois.

— Vous devez savoir une chose monsieur. Ce ne sont pas du tout les mêmes spécialistes.

Son insistance sur le mot « spécialiste » et le froncement de ses gros sourcils donnaient un aspect inquiétant à une phrase finalement triviale.

— Bien sûr. Mais, peut-être pourriez-vous me rappeler les avantages, les inconvénients de chaque solution.

L'homme fit la moue :

— Monsieur, je ne peux pas tout reprendre quand même.

— Juste en gros. Quelques mots.

Il soupira, mais reprit en souriant, ses sourcils s'éloignant.

— La méthode naturelle, vous savez presque la date. C'est l'avantage. Après, cela dépend du choix final qui peut ou pas vous procurer du supplément.

— Oui, oui, naturelle, je vois.

— Pour l'évènementielle, vous vous doutez bien qu'on entre dans un domaine radicalement différent. Là encore, cela peut vous faire gagner beaucoup. Mais, je vous avoue qu'assez peu de gens sont prêts à tenter le coup.

— Pourquoi ?

— Pourquoi ? Allons, ne vous faites pas plus naïf que

vous n'êtes.

– J'aurais tout de même voulu comparer les avantages d'une méthode sur l'autre.

– Ça dépend. Naturelle, ça peut se révéler payant, mais il faut y mettre le prix. Évènementiel, ça donne toujours, mais il y a d'autres inconvénients.

Abélard tentait de déterminer si Nestor Piton l'embrouillait à dessein. Son choix, fluctuant quelques secondes auparavant, ne reposait plus sur aucune certitude. Il tenta d'en savoir plus :

– Si je veux gagner le maximum ?

– Naturelle, indiqua, sans une hésitation le petit homme.

– Ah bon ? J'aurais cru l'inverse.

– Non. Après, naturelle, il y a pas mal de variantes. Mais vous dormirez mieux. L'évènementielle c'est... je ne devrais pas vous le dire, mais c'est pas très bon pour la santé. Si je puis dire.

Et il partit d'un petit rire, qu'il imaginait jovial, mais qui sonnait faux, mettait mal à l'aise Abélard. D'autant que ses deux sourcils dansaient au-dessus de ses yeux comme deux gros vers. Cherchant à oublier cette vision, Abélard revint à son choix initial, mais il aurait voulu que l'homme l'aidât, le convainquît que son choix était bon et dans le cas contraire, qu'il puisse le changer. Ce qu'il avait fait en proposant la voie naturelle.

– Va pour naturelle alors.

– À la bonne heure !

Il pianota un peu, appuya sur un bouton rouge devant

lui. À la droite d'Abélard, une femme, arrivée d'on ne sait où, lui fit signe de la suivre.

Cette fois, ça y était. Plus question de reculer. Plus possible. Abélard suivit la femme. Un peu inquiet. Un peu excité aussi. Ce jour était un grand jour. Un jour noir par certains aspects, mais ce n'était pas tous les jours que l'on se retrouvait confronté à de tels choix.

La femme le précéda dans un bureau vétuste, vieillot. Le type de bureau que l'on ne voyait plus. Cet endroit était volontairement désuet. Comme tout le bâtiment. Qui d'ailleurs se déplaçait encore pour un rendez-vous physique ? Qui faisait la queue à un guichet dans un monde de réalité virtuelle augmentée, d'objets connectés.

Non, cet aspect vieillot, ce processus d'un autre temps étaient volontaires. Pourquoi ? Abélard n'aurait su le dire, mais il le ressentait. Il prit place sur la chaise, démodée, en face de la femme qui s'assit derrière un bureau très vingtième siècle. La femme sourit à Abélard, un sourire chaleureux, sincère, d'une force, d'une vigoureuse énergie, à tel point qu'Abélard sentit les larmes lui monter aux yeux. Pourquoi cette femme lui témoignait-elle autant d'égard ?

– Bonjour monsieur...

Elle regarda sa tablette. Abélard l'observait. Elle respirait la bienveillance.

– ... Leroux.

– Bonjour madame.

– Alors vous avez opté pour la voie « Naturelle » ?

– Oui, j'ai cru que, enfin, il me semble que c'est normal

non ?

La femme secoua la tête, de manière douce :

— Il faut suivre son cœur, le reste importe peu. Normal ou pas, c'est de vous qu'il s'agit non ?

— C'est vrai. Alors vous pensez que j'ai fait le bon choix ?

— Encore une fois, c'est votre choix, donc il est bon pour vous. Et puis attendez, vous n'avez pas fini. Il reste encore à affiner la sélection. Et ce n'est pas le plus simple.

Ça aussi Abélard le savait. Le sujet, le choix, étaient tabous. On en parlait assez peu en famille, ou entre amis. Mais les modalités revenaient subrepticement dans les discussions. Les documents du gouvernement étaient assez flous, peut-être pour laisser la place à des ajustements de dernière minute. Mais Abélard n'ignorait pas que le choix final, irrévocable, présentait de nombreux obstacles.

— Alors, pour que vous puissiez choisir en votre âme et conscience, je dois vous faire connaitre le barème.

— Bien sûr.

Le barème, le fameux barème. Il bougeait beaucoup, changeait assez vite et influait fortement sur le choix final. Abélard espérait que son choix initial ne serait pas remis en cause par un nouveau barème trop défavorable.

La femme regarda sa tablette et lut, en regardant par intermittence Abélard :

— Dans votre sommeil.

Oui, bien sûr, elle commençait par le plus défavorable. Celui que tout le monde choisissait instinctivement :

– 45 ans.

Abélard sentit ses épaules s'affaisser. Quarante-cinq ans. Non, ce n'était pas possible. La dernière fois qu'il avait eu vent du barème, on parlait de 55 ans. Et il s'était dit que c'était très bien 55 ans. Cela lui laisserait 25 ans. On peut en faire des choses en 25 ans.

– Mais.

La femme devait être habituée :

– Malgré toutes nos mesures, la surpopulation ne baisse pas, au contraire. Il a fallu s'adapter.

Quarante-cinq ans, ou la mort dans 15 ans. Non, 15 ans c'était trop peu. Il avait caressé l'espoir que le jour de son choix, on serait remonté à 60 ans. Soixante ans, il aurait pris. C'est certain. Mais 45 ans.

– Je vois que ça ne vous tente pas vraiment. Je continue ?

– S'il vous plait...

– Crise cardiaque – 50 ans.

Cinquante ans, c'était peu, mais la question méritait d'être posée. De nombreuses personnes mouraient d'une crise cardiaque avant leur rendez-vous. En choisissant cette mort, il prenait un risque limité. Peut-être qu'il mourrait, de toute manière, d'une crise cardiaque. Oui peut-être.

Tout de même, 50 ans...

– Cancer foudroyant, 53 ans.

Ah ! c'était bien ça. Le cancer personne n'en veut, mais foudroyant, on ne doit pas trop souffrir.

On se voit bien mourir quand même songeait Abélard. Mais la souffrance doit être supportable. Mais 53 ans, ce n'était pas cher payé.

La femme continua :

– Cancer des poumons, de la gorge, 55 ans.

Deux ans de gagnés, mais combien de mois de souffrance en plus. Ah ! Abélard aurait voulu se lever, s'indigner contre ce principe, cette société dévoyée. Mais à quoi bon ? Les reportages ne manquaient pas pour éduquer les bons citoyens sur ce qu'il en coutait de se rebeller. La cause de la mort était connue et la sentence, immédiate. Non, il n'y avait rien à espérer de ce côté-là. Mais 55 ans, c'était beaucoup trop jeune pour mourir. Pourtant, cela lui laissait 25 ans. Pas un hasard s'il fallait faire son choix avant 30 ans. Jusqu'à cet âge, on se sent immortel. Vivre 20 ans de plus, cela parait une éternité. Mais Abélard, qui ne s'était jamais senti jeune, trouvait que c'était bien peu au contraire.

– Cancer de l'estomac, 59 ans

Il devait être bien mauvais ce cancer pour faire gagner 4 ans sur celui des poumons. Abélard essayait de se souvenir à quel moment la société s'était mise à récompenser la douleur, enfin, la résistance à la douleur. Il ne savait plus trop, mais il se rappelait très bien du jour où cette perversité était devenue une vertu et un passeport pour une vie plus longue.

– Cancer de la peau, 75 ans

75 ans, la limite absolue. Le maximum qu'un humain pouvait vivre aujourd'hui.

Il faut dire qu'avec les progrès de la science, tout le monde avait un peu abusé. De 8 milliards, la terre s'était retrouvée encombrée de 15 milliards d'humains en à peine trente ans. Trente ans qui avaient suffi pour que la science soit mise à profit pour raccourcir la vie plutôt que l'allonger. On aurait pu décider, arbitrairement, d'abattre ici ou là, des millions de personnes, mais la méthode avait paru trop barbare et l'ampleur de la tâche titanesque. Alors comme souvent, la réflexion avait permis de venir avec une méthode plus barbare encore, inspirée d'une morale judéo-islamo-chrétienne : « Plus tu souffres, plus tu vis ». Les athées avaient hurlé à la mort, mais il s'était trouvé un nombre assez incroyable de croyants et religieux pour petit à petit valider cette idée absurde.

Abélard, né après la bataille, ne se sentait aucune accointance avec les religions et encore moins avec la souffrance. La meilleure option, aujourd'hui, était de prendre la mort dans son lit. Qui sait, d'ici 15 ans, le monde aurait peut-être changé. Ces méthodes inhumaines finiraient bien par être abolies. Il se murmurait qu'une épidémie provoquait des ravages dans certains coins du globe. Mais en attendant...

Tout de même, utiliser les progrès de la médecine pour trafiquer l'ADN, le génome et provoquer une crise cardiaque, un cancer du nez, un AVC, ce n'était pas sérieux. Ça finirait par choquer les gens. Et ayant formulé cette pensée, Abélard se prit à rire. Les gens. Quels gens ? Ceux qui avaient voté pour ? Car les gens avaient voté pour. Abélard en bouillait de colère lorsqu'il y pensait. Ce principe s'était instauré petit à petit. Sondage après sondage, il ressortait que oui, de plus en plus de gens étaient disposés à ce raccourci, les plus bigots en tête. Que les sondages fussent tous plus mensongers les uns que les autres ne changea rien à la pénétration de cette idée.

Abélard s'imagina sur son lit, avec le cancer de la peau. Si au moins le suicide avait été une option. Mais, et c'était le comble, dans une société surpeuplée, le suicide était perçu non comme un sacrifice, mais bien comme un défi, un rejet de la société. Dans une société bigote, donc rétrograde et obscurantiste, le contraste ne choquait plus personne. Abélard envisageait le suicide malgré tout parfois et il aurait survécu, façon de parler, à l'opprobre, mais sa famille, ses amis en auraient payé le prix.

Non décidément, Abélard n'avait pas trop le choix dans son choix. Il se déciderait, comme la plupart des gens, pour le cancer foudroyant.

Il lui restait 23 ans à vivre.

Dans le meilleur des cas.

Statistiquement pourri

J'ouvre les yeux. Je suis de bonne humeur. Une belle journée s'annonce. Je souris.

« Vous avez dormi 7 h 37 minutes. Je vous ai réveillé à l'instant adéquat dans votre cycle du sommeil et le moins critique pour votre rythme cardiaque ».

Je souris moins.

« Les probabilités d'infarctus liées à votre cycle de réveil sont de 0.0003% ».

Je fronce les sourcils. Merde. 0.0003% ? Cette conne m'explique que j'ai autant de chance de crever que de me faire élire antipape par une assemblée de Papous. Merde. Furieux, je me lève d'un bond.

« En passant de la station allongée à la station debout en 0.7 seconde, 1 minute 45 après vous être réveillé, vos chances d'une rupture d'anévrisme ont augmenté de 250% à 0.00007% pour les 22 prochaines minutes. Votre pression artérielle a cru de 18% entrainant une perte de vision de l'œil droit de 0.5%".

Ta gueule. Ta gueule.

Je suis debout depuis deux minutes et ce programme à la con m'a déjà ruiné ma journée. Je vais prendre une douche pour me détendre.

« La température de votre corps est en train de monter. Actuellement à 37.6 degrés, vous atteindrez 38 degrés dans 4 minutes 43. Le risque de malaise vagal atteindra 1,4% puisque vous n'avez pas encore mangé ».

Même sous la douche. Même sous la douche, j'entends sa putain de voix. J'ai beau le savoir, je me laisse surprendre à chaque fois.

« Si vous ne mangez pas dans les 7 minutes 30, l'acidité de votre foie montera de 4%. Votre chance de développer un ulcère atteindra alors 1.2%, tandis que la probabilité d'occurrence d'un cancer du foie dans les 20 prochaines années montera à 12%, compte tenu de votre alimentation des 6 derniers mois ».

C'est un miracle que j'en ai pas déjà un d'ulcère. Un miracle. Chaque matin la même rengaine, la même menace. Quelle que soit l'heure. La gestapo on the rocks.

« Vous avez frotté le haut de votre dos en imprimant une pression de 75 kilos par centimètres carrés. Les probabilités de développer un cancer de la peau sont en hausse de 0.0000000001%"

Je n'en peux plus. Quel est l'intérêt de m'annoncer ça ? Le pourcentage est tellement faible qu'il n'existe pas et pourtant elle a réussi à me coller dans un coin du cerveau « cancer de la peau ». Alors que me frotter trop énergiquement me le provoquera aussi surement que si je décidais de me branler de la main gauche. Quelle conne !

Toujours un truc à dire, toujours une menace. Tiens, je vais me tirer la bite pour voir.

« Vous avez artificiellement étendu la taille de votre sexe de 80%. Le risque d'hématome est de 0.4% ».

Comme dirait mon père, ça me fait une belle pinée !

Je vais changer son réglage.

Tous les jours, tous les putains de jour je me dis que je vais changer son réglage. Tous les jours, je me réveille en pensant que je vais mettre cette conne au minimum : « Ne me parle pas tant que mes chances de crever foudroyé par un avion ou carbonisé par un coma éthylique ne sont pas supérieures à 80% ». Et tous les jours, je remonte le niveau au max : « Préviens-moi quoiqu'il arrive. On ne sait jamais ». On ne sait jamais, parce qu'il est là le truc : on ne sait jamais ! À force de me frotter comme un connard, je vais peut-être vraiment le développer ce cancer de la peau.

Je me prépare un café. Je sais déjà qu'il aura un arrière-goût d'ulcère, de cancer ou de nausées.

« Vous allez boire votre septième café de la semaine, le vingt-quatrième du mois, le quatre-vingt-douzième de l'année. Vous n'avez toujours pas mangé. Vos chances de développer un ulcère de l'estomac ont encore progressé de 1,4%. Votre dépendance à la caféine atteint maintenant 7 sur l'échelle de Clooney ».

Je ne sais même plus comment je faisais avant ce truc-là. Enfin, moi je l'ai toujours eu, mais mes parents, les autres, dans le passé, comment vivaient-ils ? Et moi, comment je me débrouillerais si je n'avais pas la voix de cette conne dans ma tête toute la journée ? Pourtant je peux vivre sans. Me suffit de la régler au minimum. Allez, aujourd'hui, je serai fort :

« Réglage minimum ».

Je prends mon café en silence. J'ajoute une grosse motte de beurre sur mon pain sans entendre que la graisse animale contenue dans le beurre va boucher mes artères dans 3 ans et 34 minutes. La précision des informations n'a rien de surprenant : avec tous les capteurs que j'ai dans le corps, et toutes les données sur mes habitudes alimentaires, c'est la moindre des choses.

Tiens, tant qu'elle est en mode mineur, je peux me taper quatre cafés d'affilés sans qu'on m'envoie une photo de mon estomac en train de se trouer.

C'est décidé, je vire cette merde. Pour toujours. Et je vais fêter ça. J'ouvre le placard du haut, sors une petite boite, y prélève quelques grammes de tabac et commence à me rouler une petite clop. Les clopes, c'est pas interdit, mais à 50 euros le paquet, je fais gaffe. Une de temps en temps quoi. Et avec l'autre voix dans ma tête, fumer c'est du masochisme. Fumer une clope avec le réglage au maximum revient à expliquer à ses parents qu'on se drogue, qu'on picole, qu'on baise sans capote et qu'on se prostitue et espérer un concert d'applaudissements.

Allez, allumer, tirer une vraie bonne taffe et...

« Le taux d'apparition du cancer des poumons est de 40% chez les fumeurs réguliers au bout de douze ans de pratique ».

« Fumer provoque le cancer de la gorge ».

« Votre capacité thoracique va baisser de 3% à la prochaine bouffée, soit 12% à la fin de cette cigarette ».

Merde.

On peut régler cette connerie au minimum, elle ne ferme jamais sa gueule complètement. Tout ce qui est statistiquement trop dangereux reste invariablement signalé :

« Vous êtes bourré comme un coing, vos chances de vous claquer le tarin sur la vitre sont de 70% ».

« Vous vomissez comme une merde, le taux d'acidité dans votre estomac vient d'augmenter de 897% ».

« Ce rail de coke va abimer votre cloison nasale et provoquer 8% de pertes de sensation. PS : cette coke est coupée au talc, vous vous êtes fait arnaquer ».

Jamais de conseil sur la vie en générale par contre. Jamais de « Votre technique d'approche est tellement lamentable que la main de la dame va vous claquer le museau dans moins de 7 secondes avec une force 9 sur l'échelle du Joe Starr ».

Pas de « La probabilité que votre boss vous augmente si vous continuez à lui reluquer le cul en vous croyant discret est de 0.05%. Si le vent est favorable ». Non, ça jamais.

Je n'arrivais plus à déterminer si ce truc me gâchait la vie ou me l'améliorait. Des études longues comme le bras prouvaient que l'on vivait plus vieux depuis que ces puces avaient été installées. Plus vieux oui, mais plus heureux ? Je vivais avec la peur au ventre toute la journée. Pas bon ça, la peur au ventre. Pas bon du tout. Jamais une alerte pour me prévenir « Votre niveau de flip atteint 93 sur l'échelle du peureux. L'intérieur de votre estomac ressemble à l'océan Indien après un tsunami, l'acidité qui y règne ferait vomir même un aigri

».

Non rien. Pas de « Détendez-vous », « Relaxez-vous », « Profitez ». Alors qu'un étudiant en première année de médecine apprenait dès la première semaine que le stress était mauvais pour l'espérance de vie.

Non, juste « Ayez peur ».

Oh, nous savions tous quand cette merde avait démarré. Avec les joggeurs. Oui, ces connards de joggeurs, qui non contents de faire chier à te courir à côté quand tu te balades tranquillos, aimaient bien se mesurer la bite à distance :

« J'ai couru 7 kilomètres 432 en 24 minutes. Soit une minute de moins que Nicodème ».

Parfois je postais sur leur mur, en mode troll : « Et toujours 8 minutes de plus que le premier Kenyan blessé venu ».

Iphone, bracelet connecté, putain de cardio intégré, les gens ont arrêté de respirer sans leur bracelet:

– Je peux aller pisser combien de temps après mon semi-marathon ?

– Si je me tape mon copain, 8 heures avant un Ironman, ça augmente ou baisse mes chances de battre mon record ?

Faut voir que tous les cons du monde se tenaient par le bracelet et posaient des montagnes de questions plus débiles les unes que les autres.

Les Nike, iphone et compagnie ont vite saisi l'intérêt. Le bracelet est devenu montre, la montre s'est miniaturisée et enfin, il y a vingt ans, le premier connard de joggeur avec capteurs dans les yeux, les pieds et le trou de balle est arrivé. Avec une bonne tête de vainqueur.

Des capteurs dans les pieds. Plus dans les chaussures, non. Ringard et peu fiable. Mais dans les pieds. L'expression « Con comme ses pieds » a pris un nouveau sens et je peux vous assurer que je connais un paquet de types beaucoup plus cons que leurs panards.

Pourquoi, comment ce mécanisme s'est-il répandu partout ? Surement parce que nous sommes tous des crétins. Que lorsqu'une entreprise qui ne paye pas d'impôts t'explique qu'elle va t'aider, le premier abruti venu devrait pouvoir comprendre que ça va se finir en ulcère généralisé ! Mais le premier abruti venu semble avoir quitté la planète il y a bien longtemps. Ne reste que nous. Encore plus bas du front.

« Installez l'appli iNike et profitez de 5 années de vie supplémentaires ».

Qui refuserait ? Surtout quand c'est gratuit. Oui, le principe respirait la simplicité :

- T'installes le bourrier et si t'as vécu sainement, tes cotisations sécu, mutuelle baissent. INike en prend un petit pourcentage. Gère direct avec les organismes. Pour toi, c'est tout bénef.

Et, cerise sur le gâteau, si tu vis plus vieux que ce que t'avait annoncé l'appli quand tu l'as installée, tu reverses une partie de tes revenus. Pas énorme hein, 2-3%. Mais nous sommes 10 milliards et on parle de 4 milliards de connards qui portent ces trucs.

Depuis que c'est obligatoire remarquez, il n'y a plus trop le choix. C'était soi-disant le seul moyen de sauver la sécu dans plein de pays. Avec des réglages de plus en plus contraignants. Ce qui fait que je ne peux plus me griller une clope sans que cette conne me vrille les oreilles. Et d'ici cinq ans, toute la planète vibrera au même diapason.

Je vous rassure, iNike s'en sort bien. Nous, un peu moins. Mais l'appât du gain, la promesse, vide, d'une vie meilleure, qui aurait pu résister ? Personne. D'ailleurs personne n'a résisté. À part une poignée d'anarchistes, de réfractaires et de personnes trop vieilles pour y comprendre quoi que ce soit.

Moi, je l'ai posé par provocation. J'avais 15 ans, c'était les débuts de cette merde, ça gonflait plein de gens dont mes parents alors hop, posage. Sauf qu'une loi dite « Amélioration de la vie » a été votée l'année suivante, interdisant de désactiver les implants déployés.

La loi a fait le tour de l'Europe. Normal. Toutes ces ordures de députés, commissaires aux affaires européennes, non contents de se goinfrer de notre pognon, se faisaient arroser comme des porcs par Nike, Apple, AXA et consorts. Sans parler des abrutis sincèrement convaincus que nous ôter le libre arbitre était la meilleure chose à faire. Bien la peine d'avoir éradiqué les religions pour en arriver là : des dirigeants malhonnêtes ou incompétents, la plupart alliant joyeusement ces deux qualités.

Alors me voilà, à trente-cinq ans, hésitant entre deux options : continuer cette vie de con, en m'enfonçant plus loin encore dans la peur, l'obéissance. Ou me faire ôter cette merde et devenir hors la loi et donc partir dans un de ces pays qui acceptent tous les hors-la-loi. Moyennant finance. Que je n'ai pas. Normal, vu que la part qu'ont pris les iNike n'a cessé d'augmenter, tout comme la part qu'ont ponctionné nos merdes de politiques pour une sécu de plus en plus pourrie, sans parler des assurances. La routine quoi.

Deux choix de merde.

Ou alors, ou alors, je peux, peut-être, foutre tout ce système par terre.

Je ne vous ai pas dit, je touche un peu ma bille pour ce qui est de la manipulation des systèmes informatiques embarqués. Un petit peu genre, je dois faire partie des meilleurs du monde. Mais je suis toujours resté discret. Pour pas me faire emmerder. Pour pas me griller non plus. Jamais rien modifié.

Pour pas bousiller mon unique cartouche.

Mais je n'ai pas chômé. J'ai couché avec tellement de personnes chez Nike, Adidas, La mondiale ou aux différents parlements. Les gens lorsqu'ils ont joui baissent leur défense, c'en est risible. J'ai fini par coucher de plus en plus haut, jusqu'à atteindre des personnes, hommes ou femmes, qui maitrisent à peu près le système. La technologie a évolué, mais y a bien un truc qui n'a pas changé : « Cherche la faille humaine, tu trouveras la faille technologique ».

Donc, je peux aujourd'hui activer un petit mécanisme de mon invention, qui sera chargé dans les 4 milliards de dispositifs. C'est un peu plus compliqué que ça, mais je vous épargne les détails, parce qu'on vit déjà dans un monde de détail.

J'ai longtemps hésité sur la finalité.

Tout casser ? C'est prendre le risque que tout revienne.

Rendre le truc fou ? Tout le monde comprendra

rapidement, demandera une mise à jour et on recommencera à zéro.

Non. J'ai trouvé mieux. Je crois.

Ce truc te parle dans la tête. Parfois pour influencer le comportement, ambiance « Tu bouffes trop, gros sac ». C'est plus subtil et moins vulgaire, mais le message est le même.

Dès que j'aurai activé la mise à jour, tous les dispositifs du monde entier pourront diffuser des messages nocturnes. Et, la beauté de la chose c'est que le message n'étant pas référencé et la personne ne sachant pas qu'elle l'entend, je vais pouvoir diffuser ce que je veux pendant des semaines ou des mois. Ce sera un peu plus compliqué que ce que je vous raconte et je vais y passer tellement de nuits blanches que mon copilote va me manger la tête à coup de « 1 heure de sommeil en moins sur 10 ans et vous perdrez une année d'espérance de vie », mais je m'en cogne.

Je n'ai pas encore arrêté ce que je vais diffuser, pour perturber utile, dézinguer anar mais j'ai bien envie de commencer par « Seuls les trous de balle sont connectés ». Un bon début.

Après tout, on ne vit qu'une fois.

Vite fait bien fait

Chloé aida la vieille dame à traverser la rue et consulta son compteur de vie dans la foulée : plus une minute.

« Une minute » pensa-t-elle avec colère ? Une minute ! Pour aider une vieille à traverser ? Mais combien de petites vieilles fallait-il accompagner de l'autre côté de la rue pour gagner une heure de vie ? Son esprit lui afficha le nombre « soixante », ce qu'elle interpréta comme une insulte. Son esprit se moquait d'elle. Évidemment qu'elle savait qu'il faudrait faire traverser 60 vieilles pour gagner une heure de vie. Le monde était devenu fou, sa famille aliénée, son entourage frénétique et elle était elle-même au bord de la démence, mais elle savait encore faire une saleté de multiplication.

Le seul moyen de gagner suffisamment de vie pour dépasser les 50 ans aurait consisté à errer toute la journée autour d'un passage clouté en espérant que de nombreuses petites vieilles ou petits vieux se présentent à proximité.

Elle voyait deux objections à ce scénario : ce n'était pas une vie, et si elle avait voulu faire un boulot stupide et inintéressant, elle aurait choisi agent de la circulation. Deuxièmement, il n'y avait presque plus de petits vieux. Ou de moins en moins. Fatalement.

Elle regarda autour d'elle. Un homme de 50 ans allait traverser. Chloé s'approcha de lui :

– Je vais vous faire traverser monsieur.

L'homme la dévisagea :

– Pardon ? Me quoi ?

– Traverser. Je vais vous aider.

– Vous me prenez pour un nantique ?

Chloé ne releva pas la référence au vieil argot, contraction de Nanti et Antique qui désignait les hommes et les femmes qui avaient atteint plus de 60 ans.

– Vous m'avez l'air d'avoir besoin d'aide. Je vous aide, c'est tout.

– Vous ne m'aidez pas, vous me faites chier. J'aurais déjà traversé depuis trois plombes sans votre aide. Et lâchez-moi !

Mais Chloé le poussait presque sur le passage clouté et l'emmena, à marche forcée, de l'autre côté. Elle le relâcha, lui souhaita une très bonne journée en arborant son sourire le plus sincère et qui paraissait plus hypocrite encore qu'il ne l'était réellement. L'homme parti en grognant contre ces antitemps.

Chloé observa son compteur avec consternation : +0. Zéro seconde de vie gagnée. Pire, elle avait gâché, totalement gâché au moins 2 minutes de vie avec cet abruti.

– Crétin ! hurla-t-elle, plus pour se soulager que pour l'insulter, car il était déjà parti.

Elle se reprit, vérifia le compteur. Rien. Depuis toujours circulait la rumeur qu'ils allaient bientôt activer le retrait de minute de vie. Ajouter des minutes de vie lorsque l'on se comportait bien était une chose. S'en faire retirer lorsque l'on dérapait en était une autre. Personne n'avait jamais vu un compteur retirer des minutes, mais tout le monde connaissait quelqu'un qui connaissait quelqu'un qui pouvait témoigner que oui, le compteur savait être négatif.

Chloé, du haut de ses 19 ans, n'y croyait pas. Ou peut-être que si. Barb lui avait assuré que le type qui avait essayé de la violer avait arrêté après avoir jeté un œil à son compteur. Cela ne prouvait rien. La vision du compteur avait pu l'inquiéter sans qu'il affiche de minutes négatives. Et puis quoi, on ne pouvait pas vivre dans cette crainte permanente, cela n'avait pas de sens.

Chloé pensait souvent qu'elle allait devenir folle. À 19 ans, on se croit immortel. Et Chloé, lorsqu'elle arrivait à s'extraire des contingences du quotidien, s'imaginait réellement immortelle. Rien ne pourrait lui arriver. Il y aurait toujours une porte de sortie. Un moyen de survivre, le temps de trouver une solution pérenne. On ne meurt pas à 19 ans. À 50 oui, mais pas à 19.

Ce type de pensées l'accompagnait une journée, parfois une semaine, mais il suffisait de consulter son compteur et de s'apercevoir qu'il n'avait pas augmenté pour que le spectre de « l'augmentation de capacité vitale commune », comme on appelait la peine de mort en novlangue refasse surface.

Cinquante ans, ça venait vite.

Les névrosés qui acceptaient de soumettre leur existence à ce compteur arrivaient péniblement à gratter 10 ans, et encore.

Les autres essayaient de vivre une vie normale jusqu'à 30 ou 35 ans et, en panique, tentaient de rattraper le retard. Ils grappillaient 4 ou 5 ans dans le meilleur des cas. Quatre ou cinq années qu'ils passaient dans un état de stress inconcevable.

Mais au moins « Ils avaient vécu » pestait Chloé. Pas comme ses parents. Ah, ses parents, ce qu'elle les haïssait d'avoir abdiqué il y a si longtemps. Son père, qui lorsqu'il lui racontait une histoire ne pouvait attendre la fin pour vérifier qu'il avait bien gagné du temps. Qui arrêta de lui raconter des histoires le jour où, sans que l'on sache comment ni pourquoi, comme toujours avec le compteur, cela n'augmenta plus son temps de vie. Son père qui avait abandonné son propre père en réalisant que ses visites hebdomadaires ne lui apportaient plus de bonus. Elle ne le supportait plus même si elle continuait à jouer avec lui. Il était prêt à tout semblant de bonne action pourvu qu'il existe la possibilité, infime, de gagner des minutes. Et comme les règles étaient inconnues, tout ce qui n'avait jamais été fait pouvait faire l'objet de bonus.

Elle avait ainsi obtenu que son père lui prête sa voiture, lui offre un voyage à New York ou encore nettoie sa chambre. Lorsqu'elle était partie à New York, son père l'avait appelé dès son atterrissage :

– Reviens tout de suite. Je n'ai rien gagné, ça ne sert à rien.

Elle était restée 10 jours, comme prévu avec Meli et au moins elles s'étaient amusées. Elles avaient même obtenu 90 minutes de vie sans arriver à identifier la raison. Il était comme ça le compteur. Il donnait sans qu'on sache toujours pourquoi.

Et c'est bien ce qui rendait Chloé, et le monde de Chloé, totalement fous. Le gouvernement mondial avait été clair :

– La terre est surpeuplée. Pour améliorer le bonheur commun, nous vous offrons un temps de retour à la vie.

Bien sûr, le retour à la vie, était un tour vers la mort et le bonheur commun consistait à en sacrifier certains au profit d'autres. Tout avait été accepté à force de sondages truqués, de médias manipulateurs, de politiques corrompus ou incompétents. Et puis, que certains meurent pour que d'autres vivent, le monde en avait l'habitude depuis des millénaires. Toujours est-il qu'en trente ans, la population avait accepté ces compteurs de vie.

Mais surtout elle avait accepté de ne pas savoir comment ils augmentaient. C'était la clef du maintien du système, Chloé le sentait. Le fonctionnement du compteur ressemblait à un blob. Personne ne comprenait rien, personne n'avait prise sur rien et personne n'avait le temps de lutter contre un système qu'il ne comprenait plus, mais risquait de l'aspirer à tout moment.

Et le principe maitre était si évident que personne n'aurait pu aller contre. Une seule règle pour augmenter votre compteur de vie : faites le bien autour de vous. Plus vous ferez de bien, plus votre compteur augmentera.

Le monde s'était un peu harmonisé par rapport au

début du vingt et unième siècle, mais tout de même, la notion de bien restait sujette à interprétation. Surtout venant d'un consortium pourri qui condamnait à mort des milliards d'êtres humains sur des bases récurrentes.

Le monde était devenu fou, mais pas instantanément. Petit à petit songeait Chloé. Mais non ! le monde était déjà fou avant sinon il n'aurait jamais accepté ça. Voilà, la folie rampait depuis toujours, bien avant elle, mais cela la consolait peu.

Chloé, parfois, se rêvait en révolutionnaire qui mettait à bas ce système. Elle triomphait de la barbarie chronologique et malthusienne. Elle offrait à l'humanité un monde où chacun pouvait prendre le temps de vivre et de mourir.

Elle y pensait souvent, mais à la vérité, elle savait bien que ce qui la gênait le plus, ce n'était pas tant cette mort chronométrée que l'aspect irrationnel de ces minutes glanées ici où là. Depuis qu'elle était en âge d'obtenir des minutes de vie supplémentaires, depuis ses 15 ans, elle avait tenté de comprendre la logique, mais le bien restait une notion subjective.

J'ai donné de l'argent à des clochards sans que ça ne me rapporte rien. J'ai aidé mon frère à faire ses devoirs et j'ai gagné 20 minutes de vie. Après avoir en avoir gâchées 60. Et la fois suivante, rien. Comme si le compteur avait enregistré que son aide n'était pas sincère.

Personne ne savait exactement ce qui apportait du temps, cela changeait tout le temps et semblait dépendre des personnes. Son père, un pingre notoire, collectait plus de minutes lorsqu'il prêtait de l'argent que sa mère, connue pour sa générosité.

Chloé s'arrêta. C'était évident, il ne suffisait pas de faire le bien, il fallait s'améliorer. Devenir meilleur.

Mais qui pouvait s'améliorer de manière permanente ? Qui pouvait, durant toute une vie, se réinventer, tirer constamment le meilleur de soi, jour après jour, semaine après semaine ? Personne, la réponse coulait de source. L'humain, quel qu'il soit, pilotait sa petite barque sur des montagnes russes. On ne pouvait monter toujours, et plus on montait, plus la chute était nette, marquée.

Non, cette solution n'en était pas une.

C'était pourtant la seule. Alors Chloé, croisant encore un petit vieux, lui proposa de faire ses courses. Elle gâcherait plus de temps de vie, mais en gagnerait peut-être plus encore.

Le petit vieux n'avait besoin de rien, mais comme beaucoup de ses congénères, il appréciait que l'on s'occupe de lui. Qu'on le considère un minimum.

Une heure plus tard, alors qu'elle déposait ses courses sur le paillasson du vieux, Chloé, épuisée, contrariée, constata le ridicule de la situation. À quoi servait-il de faire des courses avec un petit vieux qui se faisait habituellement livrer par drone ou coursier ? Cette bonne action n'avait aucun fondement. Elle observa malgré tout son compteur avec espoir et le chiffre s'afficha : +10 minutes.

Dix minutes de vie gagnées après en avoir perdu trente. De rage, de colère, elle partit furieuse et au passage, bouscula le petit vieux. Il trébucha, n'arriva pas à se rattraper et avant que Chloé ait réalisé ce qui se passait, le papi était par terre. La tête cognant le carrelage et produisant un bruit mat, inquiétant.

Chloé se pencha sur le vieux, le releva, alla chercher de l'eau, vérifia qu'il ne saignait pas.

Tout semblait aller bien. Alors qu'elle se relevait, Chloé jeta un œil machinal à son compteur. Plus 240 minutes. Plus 240 minutes ? Elle n'avait jamais gagné autant. Même en intégrant les soixante minutes perdues avec le vieux, son solde était de 180 minutes.

Elle resta songeuse. Un tel gain aurait dû être connu de tout le monde. Mais elle comprenait aussi que personne ne pouvait partager ses expériences de manière neutre. Sur les forums, le gouvernement réécrivait certains messages pour brouiller les pistes. Un internaute expliquait que donner son sperme amenait une journée supplémentaire et le gouvernement supprimait le message, en inventait d'autres. Personne ne savait à qui se fier et même lorsque vous rencontriez quelqu'un, tous ces capteurs, puces, organes augmentés faisaient que tout le monde doutait de tout le monde et même parfois, de ce qu'il pensait.

Chloé, figée, observait son compteur. Peu importe ce que les autres disaient, savaient, elle venait de gagner 240 minutes. Le vieux semblait remis. Elle allait partir. Il se leva et une impulsion subite poussa Chloé à le bousculer de nouveau. Plus fort.

Le vieux tomba, en arrière. Son crâne cogna sur le carrelage, plus lourdement que la première fois. Chloé observa le compteur : +460 minutes.

Merde.

Elle lança un pied dans les côtes du vieux. +30 minutes.

Mais ?

Les vieux, dans ce monde, étaient comparables aux

vaches sacrées de l'Inde au début du 21ième siècle. Plus grand monde ne les supportait ces vaches sacrées qui n'en faisaient qu'à leur tête, engrossaient pendant que vous mourriez de faim. Mais l'aspect sacré terrorisait encore beaucoup de gens et personne, ou presque, n'aurait osé les frapper.

Dans le monde de Chloé, les vieux étaient également enviés, jalousés et détestés. Ils prenaient la place d'un jeune. Ils s'accrochaient. Mais, de manière visiblement erronée, tous les autres y voyaient un moyen de faire le bien. Ce qu'ils étaient peut-être, mais pas du tout de la manière dont chacun le croyait.

Elle hésita à frapper encore le vieux, mais réalisa qu'elle pouvait difficilement aller plus loin sans finir en prison. Son compteur captait tous ses mouvements, enregistrait l'image et le son. Elle devait laisser passer quelques heures. Voir ce qui arriverait.

En se levant le lendemain, Chloé fut soulagée et surprise que la police ne soit pas venue ni n'ait envoyé de drone pour l'arrêter ou lui intimer l'ordre de se présenter à un commissariat.

Sur le chemin de l'école, elle bouscula une petite vieille, prenant bien soin de ne pas laisser paraitre l'aspect volontaire. Mit une claque à une autre, et donna un coup de poing à un troisième. Elle gagna 16 heures dans la journée et la police ne vint ni le soir ni le lendemain.

Par précaution, elle attendit encore quelques jours.

Le gouvernement, via son compteur, était forcément au courant de ses agissements.

*

Chloé essuya son couteau pour en ôter le sang du grand-père dont elle venait de faire les courses. Plus 10 heures.

Elle sourit. Son monde venait de s'éclaircir. À raison d'un par jour, elle pouvait s'offrir une vingtaine d'années supplémentaires. En espérant que les règles ne changent pas trop. Mais après tout, elle aimait tenter des choses différentes. Elle trouverait toujours un moyen de faire le bien.

Trop con pour être père

« Vous êtes trop bête pour avoir un enfant. Je n'y suis pour rien, les résultats sont formels ».

Ethan fixait la bulle holographique en face de lui, plus précisément le petit homme qui y trônait. Il savait par expérience qu'il ne gagnerait rien à s'énerver, à frapper la bulle ou à l'insulter. Aussi fut-il le premier navré lorsqu'il hurla :

— Vous vous foutez de ma gueule ! Non, mais vous foutez de ma gueule. Trop bête pour avoir un enfant ? Ça veut dire quoi ? Que je ne saurais pas où mettre ma queue ? C'est ça ? Je suis trop bête pour trouver le trou ?

— Monsieur, calmez-vous.

Ethan envoya un grand coup de poing dans la bulle. Cela fit, à peine, scintiller l'image et, tout de même, lever les yeux à l'employé.

— Vous pouvez y aller, je ne pense pas que cela vous

aide à obtenir votre permis.

– Mon permis, mon permis, je t'en foutrais des permis, éructa Ethan en continuant à alterner droite, gauche et uppercut contre la représentation virtuelle du petit employé.

– Un petit employé de merde qui m'explique que je suis trop bête.

Le petit employé était bien conscient d'avoir une tête de petit employé. Tous les matins, il observait son visage et n'arrivait toujours pas à croire ce qu'il voyait. Comment pouvait-on avoir un physique aussi caricatural, aussi conforme à la position qu'on occupait dans la société ? Il avait tenté de s'en extraire. Mais quelles que soient les modifications, il continuait à ressembler à un petit employé. Lorsqu'il avait laissé pousser un bouc, porté des lunettes à la mode, ajouté une boucle d'oreille, il n'avait fait qu'ajouter le ridicule. Il avait abandonné et s'était conformé à ce qu'il était, mais il en souffrait toujours autant. Alors voir ce type qui avait obtenu 29 sur 100 au test d'enfantement l'insulter le peinait et l'énervait.

– Monsieur, vous aggravez votre cas ! Je vais devoir faire un rapport et votre score va baisser.

Ethan, las de boxer un hologramme, demanda :

– Ah bon ? Ça fait de moi quelqu'un de plus con de vous coller des tartes virtuelles ?

Le petit employé aimait bien, d'une manière générale, mettre les points sur les « i ». Mais avec certains usagers, le plaisir devenait corvée.

– Monsieur, votre score, déjà très bas de 29 sur 100 ne prend pas en compte que votre intelligence. Il mesure aussi, pour le bénéfice de toute la société le quotient émotionnel.

Ethan sourit.

– Oui, me prenez pas pour plus con que ce que dit le test. Je connais le principe.

– Eh bien si vous connaissez le principe, s'agaça le petit employé, vous devez savoir et comprendre, il insista sur comprendre, que votre démonstration d'agressivité ne plaide pas en votre faveur.

Ethan, toujours furieux, regardait dans son appartement s'il pouvait casser quelque chose. Ne trouvant rien (trop petit ou trop cher), il demanda :

– Mais putain, je suis trop con ou trop méchant pour avoir un enfant dans votre société de merde ?

Ajustant ses lunettes, vestiges d'une époque révolue, il répondit :

– Monsieur, il ressort du test que vous êtes, a priori, plus bête que méchant. Mais votre petit numéro m'inclinerait à demander des épreuves complémentaires. Il se pourrait tout à fait que vous soyez aussi bête que méchant.

Simulant un coup de boule vers la bulle holo, Ethan grimaça :

– Dans tous les cas, vous me recalez.

– Pour cette année oui.

– Comme l'année dernière.

– Oui, tout à fait. D'ailleurs, je vois que l'année dernière vous aviez eu 31 au test.

– Je régresse quoi. Je deviens de plus en plus con et de plus en plus méchant alors vous ne me laisserez jamais avoir un enfant.

Affectant un air désolé, le petit employé récita sa litanie :

– Dans un monde plein de haine, de bêtise, de méchanceté, il a fallu trancher. Nous ne pouvions plus prendre le risque d'amener de nouveaux enfants élevés dans la haine. Et chaque enfant doit être unique, apporter une pièce maitresse dans le monde. La bêtise n'a plus sa place non plus. Depuis 19 ans que cette loi a été promulguée, nous n'avons eu qu'à nous en féliciter et…

Le petit employé avait débité ce monologue tellement de fois qu'il pouvait le dire en pensant à autre chose. Il pouvait déclamer sa tirade et dans le même temps songer que son enfant de 15 ans à la maison était pourtant la preuve vivante que ce système était perverti. Qu'espérer créer de la gentillesse et de l'intelligence par une sélection à la base n'était pas si simple. Le monde était rempli d'enfants persuadés d'être les sauveurs de l'humanité. Ils étaient la première génération sélectionnée. Ils étaient le meilleur de la race humaine. Meilleur. Donc les autres, ceux qui étaient là avant, étaient pires.

La génération B a toujours éprouvé du mépris pour une génération A qu'elle trouvait ringarde, tandis que la génération A n'a jamais rien compris à ces jeunes qui bouleversent son monde.

Cette sélection n'avait donc pas créé cette distance, mais elle l'avait démultiplié et surtout, pour la première fois dans l'histoire de l'humanité, elle lui avait donné corps, elle l'avait validée du point de vue des jeunes.

Cela ne serait d'aucun réconfort pour Ethan cependant.

– Bon, papi, entre nous, est-ce que j'ai une chance d'avoir un gamin un jour ?

Papi ? Le petit employé regarda la fiche d'Ethan sur son écran. Ce petit con avait 7 ans de moins que le petit employé. Sept ans. Rien qui justifia de le traiter de papi.

– Monsieur, je n'ai pas l'âge, ni de près, ni de loin, d'être votre « papi » comme vous dites.

– Oh, fais pas ta mijaurée vieux. Allez, dis-moi ? Quand est-ce que je peux espérer avoir un chiard à moi ?

– Avec un comportement pareil, jamais monsieur, jamais.

– Allez, calme-toi, relis tes fiches sur ta tablette et dis-moi ?

Le petit employé reprit la fiche :

– Monsieur, en l'état, avec votre femme actuelle, soyons francs, vous n'aurez jamais d'enfant.

Ethan n'en revenait pas :

– C'est la faute de ma bonne femme c'est ça ? Je le savais. Je le savais.

Le petit employé aimait la routine, le prévisible, aussi accueillit-il avec satisfaction le monologue d'Ethan. À chaque fois que les idiots comprenaient que ce test prenait en compte les deux parents, ils cherchaient à repousser la faute sur l'autre. Le gouvernement désirait la meilleure alchimie entre les deux parents. Parfois, certains hommes se révèlent au contact d'autres personnes et idem pour les femmes. Ce n'était donc pas tant un problème de l'autre qu'un problème d'alchimie. Et la femme d'Ethan, du même moule que lui, mais plus soumise, ne faisait rien ressortir d'autre chez Ethan que ses propres défauts. Elle n'y était pour rien, mais Ethan était trop bête et trop méchant pour le comprendre.

– Non écoutez. Votre score est la résultante de nombreux critères. Vous vous souvenez des tests que vous avez passés. Deux jours alternants questions, mise en situation, problèmes à résoudre, interactions avec des enfants et j'en passe. Votre score de 29 sur 100 prouve que vous avez échoué, à peu près partout. Même dans les tests où vous étiez seul. Votre seule chance serait de trouver la femme qui fait ressortir le meilleur de vous.

Ethan ne semblait pas convaincu, n'arrivant pas à imaginer de quel « meilleur » ce type parlait, lui qui se trouvait déjà plutôt pas mal.

– Le meilleur de moi ?

– Oui et encore faudrait-il que vous fassiez ressortir le meilleur chez elle. Vous voyez bien que ça se complique.

Ethan ne voyait rien d'autre qu'un sale con qui lui interdisait d'avoir un enfant.

– Je peux pas faire appel ?

– Appel ?

– Oui, appel de la décision.

– Non.

– Comment ça non ?

– Ben non, vous ne pouvez pas faire appel. C'est tout.

– Jamais ?

– Non jamais. Les tests sont fiables à 99,9%. Alors même en augmentant votre score de 0.1%, vous restez bien en dessous.

– Vous avez réponse à tout.

– À tout ce qui est prévu par le règlement, oui.

Le petit employé consulta son chrono. Onze minutes s'étaient écoulées depuis qu'ils avaient démarré l'entretien. Il était temps de conclure.

– Voilà, je vous donne rendez-vous l'année prochaine pour une nouvelle série de tests et je vous conseillerais de bien réfléchir, de bien étudier les raisons qui vous ont fait échouer pour vous améliorer.

Ethan n'entendit pas la fin de la phrase, car sa femme venait de rentrer.

– Attendez, attendez. Vous allez lui expliquer à l'autre morue. Tiens, viens là toi. Écoute. Le papi va t'expliquer.

La femme d'Ethan était fatiguée. Fatiguée de cette vie, fatiguée de cet homme, fatiguée de ses coups de gueule ou de poings. Fatiguée de ne jamais trouver l'énergie de le quitter.

– Vas-y, dis-lui.

Le petit employé accueillit l'arrivée de sa femme avec soulagement. Et, tout sourire :

– Madame, votre mari est un sale con égoïste et agressif. Tant que vous resterez avec lui…

Il augmenta le niveau du son pour couvrir les cris d'Ethan -oui, le petit employé pouvait forcer le son de l'holobulle. Privilège dont il n'abusait que très rarement tant il prenait sa mission au sérieux :

– … Vous n'aurez aucun avenir. Il va continuer à vous vampiriser si ce n'est pire. Partez. Ne vous retournez pas et partez.

– Mais, mais t'es pas bien, merde. Tu vas la taire ta gueule. Tu vas…

Augmentant encore le son, il conclut :

– Rien de bien ne peut sortir de ce corps et de cet esprit. Libérez-vous !

Cette partie de son travail l'enthousiasmait, le libérait de toute la routine.

La femme d'Ethan était fatiguée. Mais pas fatiguée au point de ne pas entendre le message de ce petit employé. Tandis qu'Ethan continuait à éructer contre l'holobulle, elle avait déjà mis tout ce qui lui importait dans deux grosses valises qu'elle trouverait bien la force de porter.

Ethan la voyant revenir n'en crut pas ses yeux.

– Tu fais quoi là ? Tu fais quoi grosse pute.

– Je me casse. Il a raison le papi, tu m'as trop bouffé, trop longtemps. Il me reste juste assez d'énergie pour te virer de ma vie, connard.

Saisissant le trophée de boxe thaï gagné 20 ans plus tôt, Ethan en asséna un coup formidable sur le crâne de sa femme. Puis il s'acharna pendant de longues minutes.

Le petit employé s'était remis en position, bien calé

dans son fauteuil. Il attendit encore un peu, très précisément 5 coups. Il coupa le son et composa le numéro de la police, leur décrit la situation : « Oui un meurtre, elle est morte là, je pense ».

Ethan reprit petit à petit son calme. Oubliant qu'il était sous holo, il voulut masquer le meurtre, mais il croisa le visage du petit employé. Il prit conscience qu'il était fait. Mais un détail l'intriguait :

– Tu souris enculé ? Ça te fait marrer ?

Tiens, c'était vrai, le petit employé souriait. Il n'y avait pourtant pas de quoi. Selon les critères d'Ethan. Parce que le petit employé ne pouvait s'empêcher de penser aux félicitations et à la prime qu'il recevrait. Mais ça, il ne pouvait pas en discuter avec Ethan. Il ne pouvait en aucun cas déroger à la règle.

S'il avait été moins bête, Ethan aurait compris depuis longtemps que dans un monde qui interdit les naissances aux gens méchants, les gens méchants n'ont qu'une espérance de vie limitée. Et lorsqu'un individu rate le teste 5 fois de suite, il a rarement la chance de le passer une sixième fois. Mais il fallait être intelligent et gentil pour comprendre ça.

Immortellement con

— Rater l'immortalité à 6 mois près, c'est con hein ?

Oui, c'était sacrément con, mais Petrus ne voyait pas ce qu'il y avait de drôle. Pourtant son médecin semblait trouver la situation hilarante. Penché au-dessus de Petrus, il l'observait en souriant et il continua son laïus :

— Rendez-vous compte. Je crois que vous allez être un des derniers dans cette situation.

Le docteur fronça les sourcils, comme s'il venait de prendre conscience de l'horreur de ce qu'il était en train d'évoquer, mais son sourire revint, plus grand :

— Enfin, un des derniers parmi ceux qui ont assez de thunes pour devenir immortels. Pour les autres, le menu reste le même : 70 ans d'esclavage, un mois de retraite et poubelle.

Petrus ne supportait plus d'entendre son médecin, aussi tenta-t-il de reprendre la main :

— Et vous vous situez où dans ce monde ? Du côté des

maitres ou des esclaves ?

Le médecin retrouva son sérieux quelques secondes. Il n'avait pas l'air capable de réfléchir en se marrant. Dès que la réflexion aboutit, il reprit son ton goguenard :

– Je suis un maitre pour les esclaves et un esclave pour les maitres. Je ne suis pas assez riche pour devenir immortel, mais je suis bien placé ! J'ai cinquante ans. Dans dix ans, je serai encore bon pour l'immortalité et j'ai des connexions pour l'obtenir pas trop cher.

Il redevint sérieux, semblant soupeser le pour et le contre et conclut :

– J'ai eu de la chance. Une sacrée chance.

Il fit une pause.

– Tandis que vous.

Petrus, allongé sur le dos, dans une position aussi inconfortable que gênante aurait voulu se relever pour toiser ce médecin arrogant et discourtois. Ce qu'il tenta avant qu'une pression, douce, mais ferme, ne le maintienne sur le dos.

– Je n'ai pas fini.

Enfin, après 10 minutes d'un examen aussi long que désagréable, le médecin le libéra.

Petrus aurait voulu partir, montrer à ce sale type qu'il était au-dessus de cela. Qu'il pouvait se dispenser du diagnostic d'un outrecuidant. Mais la vérité était qu'il ne pouvait pas. Ce type était sa dernière chance d'accrocher l'immortalité. S'il fallait le payer d'une humiliation, il payerait. Il était l'un des 100 hommes les plus riches de la planète. Un des 100 qui possédaient... eh bien qui possédaient tout. Toute la planète leur appartenait. 100 hommes et femmes, ou plutôt 100 familles, qui régnaient sur le monde entier. Petrus aurait pu faire arrêter ce médecin, mais les relations entre les 100 familles étaient compliquées. On ne savait plus trop qui appartenait à qui, qui protégeait qui. Et il ne voulait pas blesser cet homme, mais il voulait que cet homme le sauve. Sa volonté affichée de se réjouir de sa mort à venir était désagréable, insultante, mais la seule question qui l'intéressait était : « Allez-vous me faire tenir encore 6 mois » ?

– Vous m'en demandez trop. Je sais, je sais : « je suis le meilleur cryomédecin, un jour, grâce à des gens comme moi, on arrivera à aller sur Jupiter blablabla ». La vérité aujourd'hui, je peux vous garder en état cryo quoi une semaine, allez max deux. Et vous voyez bien que ça ne collera pas.

Petrus refusait d'entendre la vérité : à 69 ans, il était condamné à mourir dans les 4 à 5 semaines. Son cancer avait évolué à une vitesse phénoménale. Le traitement par nanorobots qui devait éliminer, manuellement, les cellules cancéreuses n'avait pas suffi :

– Il faudrait vous injecter tous les nanorobots de la planète pour lutter contre les cellules cancéreuses.

Petrus n'avait rien contre. Oui, voilà, que l'on confisque tous les nanorobots de la planète. Ce à quoi, le spécialiste avait répondu :

– Vous ne comprenez pas. Même si l'on pouvait les réquisitionner, on ne pourrait pas vous les injecter. Vous en mourriez.

Petrus, habitué à ce que le monde se plic à ses désirs, avait tempêté, hurlé, menacé, condamné même, mais rien n'y faisait.

– Mais vous ne comprenez pas ! L'immortalité est pour bientôt. Je n'ai qu'à attendre quelques mois et...

Et c'était vrai. La robotique humanoïde et l'informatique avaient tellement progressé qu'il était désormais presque possible d'importer un humain dans un humanoïde. Et lorsque l'on avait les moyens de Petrus, l'humanoïde était une réplique totale de votre être. Construite d'après votre ADN, réagissant de la même manière. L'âge pouvait être choisi et Petrus avait opté pour 35 ans. Son corps ne vieillirait plus même s'il était possible de le faire évoluer.

Quant à son cerveau, et c'était là que le bât blessait encore, on savait le stocker dans un cerveau artificiel. On savait importer les souvenirs, réflexes, innés acquis. Mais on ne savait pas encore garder de la stabilité à l'ensemble. Les cobayes qui avaient été utilisés devenaient fous au bout de quelques jours. Ils s'écroulaient sur eux-mêmes. Personne n'avait compris pourquoi jusqu'à ce qu'un jeune médecin indique que le sentiment d'immortalité, lorsqu'il devenait réel, augmentait de manière exponentielle la peur de mourir : « Je peux vivre toujours, MAIS je pourrais me faire renverser par une voiture ? Ou m'étouffer en mangeant ».

La vitesse avec laquelle ce sentiment progressait et rendait littéralement fous les patients avait surpris tout le monde, mais le résultat était là. Le jeune chercheur pensait avoir trouvé une solution, en fonctionnant sur un mode de mise à jour permanente. Tout ce que vous viviez était systématiquement stocké dans le cloud et, si le pire arrivait, vous perdiez quelques secondes ou minutes de vie et un autre humanoïde prenait le relais. Mais cette gymnastique était lourde à mettre en place et son fonctionnement n'était pas encore possible, ni totalement maintenable.

Tout le monde s'accordait à dire que d'ici six mois, cela serait possible. Mais Petrus n'avait que quelques semaines.

– Cryogénisez-moi 6 mois. Je dois pouvoir survivre 6 mois !

Le médecin leva les yeux au ciel, ne fit pas même semblant d'accorder un crédit quelconque aux paroles du vieux milliardaire.

– Je vous parle de science, vous me parlez de prière. Je peux vous stocker au frigo 6 mois. Mais dès la première semaine, les cellules commenceront à perdre un peu le nord. Quinze jours, c'est le max avant que votre corps, en se réchauffant ne se demande s'il doit prendre la forme d'un petit vieux arrogant en train de caner ou d'une tortue ou pourquoi pas d'une table de salon. C'est marrant d'ailleurs.

Et il reprit son air songeur, oubliant Petrus, puis toujours souriant :

– Vous avez le choix entre coller votre cerveau dans un nouveau corps et devenir barjot. Ou coller votre corps au frigo, et c'est votre corps qui va tourner du chapeau. À six mois près.

Petrus aurait bien fait fusiller ce type. Mais cela n'aurait rien changé. Rien changé du tout. Il devait se concentrer sur ce qui pouvait le sauver. Il touchait l'immortalité du doigt, il n'allait pas passer à côté. C'était trop injuste. Il avait le monde à ses pieds et pourtant, il était parti pour devoir ployer sous la maladie. Cette frustration, et il était conscient de l'ironie, était à deux doigts de le rendre fou. S'il ne trouvait pas une solution, et il lui restait quelques semaines pour en trouver une, il deviendrait fou avant que le cancer ne l'emporte.

— Alors vous n'avez rien à me proposer ? Vous savez que je peux tout. Tout. Pour vous, vos proches, votre famille.

Le visage du médecin resta figé avant de s'éclairer :

— Tout ? Vraiment ? Ah, je vous plains. Vous être très binaire hein. On peut supposer que si vos parents n'avaient pas fait partie des 150 à l'époque, vous n'auriez pas fait grand-chose. Avec vous, c'est tout ou rien. Vous offrez tout ou vous n'avez rien. Mais mon pauvre monsieur, j'ai déjà tout. Un métier que j'aime, des revenus copieux, un niveau de vie excellent, des enfants que j'adore et un mari que je vénère.

Petrus allait objecter, mais le médecin continua :

— Et puisque de vie nous parlons, d'espérance de vie, j'ai 47 ans. Je suis en pleine forme et si le monde reste ce qu'il est, je vivrais, allez, encore 50 ans. Et vous me proposez tout ? C'est quoi tout ? Non, revenez me voir dans 40 ans. Là, peut-être que sentant la fin arriver, je serais prêt à tout sacrifier pour obtenir un peu de rab. Mais aujourd'hui, vous n'avez rien à me vendre.

— Je peux vous faire tuer, vous, vous et vos proches !

Petrus s'en voulut aussitôt de cet accès de colère et de faiblesse. Il le savait, on ne menace que lorsque l'on a peur, lorsque l'on sait que la menace ne pourra être mise à exécution.

— Monsieur Petrus, le monde vous appartient, c'est vrai. Mais pas qu'à vous. À vous et aux 99 autres. Et vous savez très bien qu'à chaque fois que vous prenez un peu de pouvoir, les 99 vous le font payer. À vous et à vos proches. Il va falloir sacrifier beaucoup pour expliquer pourquoi vous voulez tuer un médecin aussi utile pour l'avenir. C'est possible oui. Mais peu probable.

– Vous êtes prêt à jouer votre vie sur une probabilité ?

– Mais toute notre vie repose sur des probabilités mon vieux.

– Ne m'appelez pas mon vieux, j'ai horreur de ça.

Le sourire revint sur le visage du médecin. Énorme, moqueur, triomphant.

– S'il y a un Dieu, vous avez dû lui chier dans les bottes à un moment ou à un autre pour qu'il vous joue ce tour de cochon. Mais je n'y suis pas pour grand-chose. Et que je ne fasse pas semblant de vous témoigner de compassion ne fait pas de moi un complice.

Balayant la discussion, Pétrus reprit :

– Et si, et si vous cryogénisiez mon corps une semaine, le laissiez reposer une semaine, ainsi de suite. Je pourrais continuer non ?

– Non. On a testé la cryo sur les cancéreux. Ça fonctionne si vous pouvez appliquer un traitement quasi instantané. Lorsque les cellules cancéreuses se réveillent, elles deviennent encore plus agressives tandis que les saines restent dans les vaps. La deuxième ou troisième semaine de cryo, je crois que votre corps se réveillerait cancéreux à 100% .

– Et si on me met dans un robot et qu'on me cryogénise dans le robot ? Qu'on me fait dormir pendant 6 mois hein ? On peut faire ça, me mettre en coma artificiel.

– Je ne suis pas le spécialiste du domaine, mais je sais que ça ne fonctionne pas non plus. On sait mettre les humains en coma artificiel. Mais pas pendant 6 mois. Sauf si vous voulez vous réveiller aussi intelligent que le lit sur lequel vous dormirez.

Petrus négociait, il s'en rendait compte. Il négociait avec la mort et le médecin, grand dadais souriant, avait pris la forme de la mort pour Pétrus :

– Mais il y a forcément une solution, forcément !

Ce sourire, toujours ce sourire :

– Oui, il y en a une.

Petrus sentit son cœur rater un battement.

– Enfin, si on peut appeler ça une solution.

Deuxième battement raté, pas pour la même raison.

– Vous vous injectez dans un robot. Et vous priez.

Le médecin se dit qu'il était allé trop loin, aussi continua-t-il.

– Ou vous vous injectez une nouvelle copie toutes les heures. Enfin, vous vous injectez, toutes les heures. Vous n'aurez aucun souvenir, vous allez vivre la même heure pendant 6 mois, mais comme vous n'aurez pas de souvenir, ça pourrait aller.

Petrus ouvrit de grands yeux. Pourquoi personne n'y avait pensé ? Pourquoi ? C'était tellement évident.

Il se leva, et lança dans on communicateur intégré :

– Tout le monde dans mon bureau dans 2 minutes. J'ai une solution que vous allez mettre en place TOUT DE SUITE. SANS DISCUTER.

Et il partit, laissant le médecin seul dans cet hôpital dédié à une seule personne. Un hôpital pour un être humain. Quel gâchis ! Quelle horreur ! Quelle ineptie !

Le médecin récupéra ses affaires. Il était épuisé. Sous ses dehors joyeux, il comprenait bien ce qui était en train de se jouer. Il savait aussi que le seul moyen de résister à ces ordures était de les emmener sur un autre terrain. Il sourit, sans calcul cette fois. Il venait de l'emmener sur un terrain boueux le Petrus. Marécageux. Non sablemouvanteux. Il était prêt à parier que Petrus n'autoriserait personne à contester ce plan. Il se l'approprierait. Ce qui le protégerait, lui. Ce serait tant mieux à l'heure de la catastrophe.

Petrus, aveuglé par son besoin d'une solution, n'avait pas réfléchi un instant. On savait stocker un cerveau, l'exporter, l'importer comme un vulgaire disque dur. Mais ce qu'on ne savait pas faire c'était empêcher un cerveau de penser. Un cerveau stocké était un cerveau pensant, vivant. Petrus allait donc s'injecter un cerveau qui, forcé de ne penser à rien, tournerait vite en rond.

Chaque nouvelle injection, toutes les heures, le ferait prendre conscience que quelque chose n'allait pas. Mais n'ayant pas ses souvenirs de l'heure précédente, il n'arriverait pas à comprendre pourquoi. Et ne verrait pas de modification fondamentale, pensez, juste une heure. Mais son cerveau continuerait à penser, sous une forme complexe, mais il penserait. Six mois enfermés dans une petite boite, il y a de quoi devenir fou.

Pétrus atteindrait peut-être l'immortalité, surement même car personne n'oserait arrêter le processus. Il y a fort à parier que d'ici 6 mois, après 4320 injections du « cerveau du 1er janvier » Pétrus serait devenu plus con que son chien. Un chien immortellement con.

L'agence A

L'homme à la carrure d'athlète entra dans la boutique : physique avenant, tête droite, regard perçant, posture assurée. Les têtes se tournèrent sur son passage. Il avait l'habitude, les têtes se tournaient toujours sur son passage. Il reçut sur son smartphone le ticket n°57. Le numéro 52 était en cours de traitement. Il devrait attendre 10 à 15 minutes, probablement pas plus.

Une bonne nouvelle, car l'homme n'aimait pas attendre. La vie était trop courte pour en perdre des portions non négligeables derrière un guichet. Surtout à une époque où tout pouvait se faire à distance. Enfin presque tout, la preuve.

Il regarda autour et fut frappé par la différence entre les autres patients et lui. Trois hommes, une femme. Des vieux. Décatis. Fripés. Pourris en fait. Oui, il était entouré de vieux tous pourris. Que pouvaient-ils bien faire ici ? Il était trop tard pour eux. Ou alors, il était trop tôt pour lui. Pourtant, il lui semblait que ce type de problématique devait se traiter à la racine. Le plus tôt serait le mieux. Dans son cas, la question ne s'était pas posée. Dès qu'il avait entendu parler de l'Agence A, après une bonne nuit de sommeil et de réflexion, il avait pris rendez-vous. Quel soulagement ! Bien sûr, il ne connaissait pas toutes les modalités et pour tout dire, il n'en appréhendait que ce que la publicité laissait deviner, mais cela suffisait à le rassurer.

Il continua à observer ses vieux congénères et la lumière se fit. L'Agence A n'existait que depuis quelques mois. Normal que ces vieux machins ne débarquent que maintenant. Ils n'avaient pas d'autre alternative avant. Il les scruta un peu plus attentivement. Les trois hommes étaient peut-être dans les temps. Mais il inspecta plus particulièrement, avec un manque de discrétion flagrant, le regard de la femme assise en face de lui. Pour elle, c'était trop tard. L'intervention la soulagerait surement, mais le mal était fait.

Après tout, cela ne le concernait pas. Du moment que cette agence l'affranchissait de cette angoisse, de ses craintes, tout irait bien pour lui.

Après quinze minutes, il reçut un message : porte 5. Il se leva, suivit le tracé lumineux qui apparut au sol, surement piloté à partir de la localisation de son mobile et après quelques instants entra dans le bureau 5.

La femme qui le reçut devait avoir dans les 30 ans. Superbe du haut en bas, elle irradiait la santé, flamboyait de fraicheur, et respirait l'intelligence :

— Asseyez-vous, je vous en prie.

Alex prit place sans quitter la femme du regard. Il ne s'était pas attendu à une femme pareil dans un tel endroit, et certainement pas à se glisser dans la position d'un mâle alpha. Mais elle était tellement belle qu'instinctivement, l'attitude d'Alex s'était modifiée.

— Bonjour, lui lança-t-il avec une voix qu'il reconnut comme celle qu'il prenait quand il voulait charmer.

La femme, qui s'appelait Hermione comme l'indiquait son badge vidéo, lui sourit et Alex sut instantanément que le charme n'avait pas fonctionné :

— Je vous prie de croire, monsieur, que cette voix, cette posture, cette attitude n'ont pas leur place dans le cadre qui nous occupe. Je vous remercie d'avance de vous en tenir à l'objet de votre visite et à l'objet uniquement.

Elle avait débité sa phrase sur le même ton chaleureux sur lequel elle lui avait dit bonjour. Ce qui en augmentait encore l'effet. Alex sourit, bon joueur :

— Vous avez raison. J'ai vu votre publicité et je souhaitais en savoir un peu plus sur vos différentes offres.

— Mais bien sûr. La politique produit de l'Agence A est des plus transparentes et compréhensibles. Vous connaissez les 7 stades de la maladie ?

Non, Alex ne connaissait pas les 7 stades de la maladie. Sept stades ? De ce qu'il avait vu dans la salle d'attente, il s'attendait à deux stades : jour/nuit.

— Sachez que nous avons une offre pour chacun des 6 derniers stades. Cela dit, seules les offres des deux derniers stades nous ont été commandées aujourd'hui.

— Pourriez-vous me décrire les stades avant d'évoquer les offres ?

— Je suis là pour ça. Le premier, techniquement, il n'y a aucun symptôme, c'est pour cela qu'il n'y a pas d'offre. Vous allez bien. Vous êtes malades bien sûr, mais on ne le détecte pas.

– D'accord.

Il pourrait vivre à ce stade toute sa vie. Être malade sans symptôme ni conscience de la maladie, c'est être en bonne santé.

– Au stade suivant, là où commencent nos offres, vous...

Alex sentit le besoin de l'interrompre. Il n'aimait pas évoquer la maladie, sauf à y être contraint. Certains se repaissaient dans les descriptions des symptômes et autres afflictions, mais lui préférait éviter le superflu.

– Pourriez-vous vous limiter aux stades auxquels vous êtes intervenus jusqu'ici ?

La femme sourit :

– Directement au best-seller hein. Il n'y a que les offres notées 5 étoiles qui intéressent les gens de nos jours.

– Si vous voulez.

– Il faut bien vous rendre compte que les personnes qui viennent ici présentent toutes, surtout les jeunes, un profil assez identique. En théorie, le best-seller devrait être le stade 7. Vous vous doutez bien.

Alex imaginait bien, oui. Sans connaitre les symptômes, il pouvait comprendre que le dernier stade était le moins agréable.

– Mais dans les faits, ce sont les stades 5 et 6.

Stade 5 et 6, ça lui parlait moins par contre. La femme s'en rendit compte :

– Je vais allez droit au but : le stade 6, c'est le premier stade où vous vous faites dessus. Et, si je puis dire, où vous vous en trouvez aussi bien.

– Ah forcément. Mais alors le stade 5 ?

– Le stade 5, vous arrivez encore à aller aux toilettes, mais vous commencez à mélanger un peu tout. À être désorienté sans raison. Vous pouvez oublier le nom de votre école.

– Il y a des gens qui choisissent ce stade ? Parce que finalement...

– Ce n'est pas si terrible ?

– Voilà.

Au regard de la femme, Alex comprit qu'il lui manquait un élément pour juger.

– En théorie, vous avez raison. Surtout que souvent le stade 6 survient vers 70 ans et après, alors que le stade 5 advient beaucoup plus tôt. Mais le stade 6, c'est aussi celui où vous oubliez vos enfants. Et certaines personnes ne se résignent pas à cette idée. Alors elles préfèrent le stade 5.

Voilà qui méritait réflexion. Il lui semblait qu'il pourrait supporter d'oublier le nom de ses enfants.

– Mais comment faites-vous pour déterminer le bon moment, le bon stade ? Parce que, je crois que le stade 6 me plairait assez, mais sans que cela ne dure trop longtemps.

– C'est dans nos options. Vous pouvez nous demander d'intervenir à la première apparition du premier symptôme du stade en question. Le 6 dans votre cas. Ou, vous pouvez, et c'est généralement ce que font nos patients, nous demander d'intervenir lorsque tous les signes du stade choisi sont apparus.

– Mais dans le stade 6, il y a « se faire dessus » ?

– Oui.

– Ah.

– Voilà, vous prenez un risque, mais il faut voir la contrepartie. Le gain. Significatif en face.

Drôle de choix se dit Alex.

– Mais au niveau du prix, il y a des changements ?

– Bien sûr. Plus on intervient tôt, plus c'est cher.

– Mais pourquoi ? J'aurais plutôt vu l'inverse ?

Cette femme était une professionnelle. Tous les patients avaient dû poser la même question, mais elle ne montra aucune irritation.

– Notre agence intervient dans un cadre légal complexe. Plus nous intervenons tôt, plus nos frais d'avocats sont élevés.

– Bien sûr, je comprends.

– Alors monsieur, avez-vous une première idée de votre choix ?

Oui, il en avait une, mais le prix était un facteur important. La femme, toujours aussi perspicace, lut dans ses yeux :

– Je comprends que le prix est un critère important, mais il faut d'abord vous poser la question de ce qui vous importe le plus.

Il hésitait entre le stade 5, avec apparitions de tous les symptômes ou le stade 6, dès le premier signe avant-coureur.

– Dites, le premier symptôme du stade 6, ce n'est pas forcément qu'on se fait dessus ?

— Non, il y en a d'autres, par exemple...

— Non merci, ça ira. Je vais prendre le stade 6, premier symptôme.

Hermione sourit, chaleureusement.

— À la bonne heure, c'est un très bon choix. Qui vous fera économiser beaucoup d'argent qui plus est.

— Et pour la détection et l'intervention ?

— Pour la détection, on vous implante une petite puce. C'est une opération qui prend quelques minutes et qui nécessite une mise à jour tous les 5 ans, rien de plus.

Voilà qui était rassurant. Alex n'aimait pas les opérations et encore moins les cicatrices.

— Pour l'intervention en elle-même ?

— Eh bien, dès que la puce a indiqué à notre système central que le premier symptôme du stade 6 a été atteint, nous envoyons une équipe. Vous avez une préférence sur la méthode ?

Ah non, tiens, Alex n'avait pas songé à la méthode.

— Le plus propre ce sont les médicaments, le plus rapide c'est la nuque.

— La nuque ? demanda Alex en sentant une gêne au niveau de la sienne.

— Un de nos membres vous rend visite et... prend soin de votre nuque. C'est tout à fait indolore.

— Mais, mais si je n'ouvre pas, si j'ai changé d'avis, si ?

— Monsieur, il faut bien que vous compreniez que, lorsque vous signez avec l'Agence A, il n'y a pas de rétractation. Nous sommes là pour vous aider à garder votre dignité. C'est un choix que vous faites en votre âme et conscience. L'examen préliminaire nous a prouvé que vous n'étiez pas atteint d'Alzheimer aujourd'hui. Votre choix est le bon. Vous vous doutez bien que le choix que vous pourriez être amené à faire dans 30 ans, serait au mieux celui d'un petit vieux un peu perdu qui s'accroche à la vie à tout prix, au pire celui d'un vieillard atteint d'Alzheimer.

Oui, Alex comprenait, c'était tout l'intérêt de cette agence. Mais tout de même :

– Si je me cache ?

– Monsieur, nos agents sont d'anciens militaires ou mercenaires d'exception pour la plupart. Vous pensez vraiment pouvoir leur échapper ?

– Non bien sûr.

– Ne vous inquiétez pas, l'Agence A vous garantit une fin de vie et une mort digne. Signez ici !

Alex sourit, et signa avec son doigt sur la tablette. Une bien belle journée.

***

« Les progrès de la science étonnent tous les jours. Les dernières études démontrent, sans équivoque, que le stress est un facteur primordial dans le développement de la maladie d'Alzheimer. Les patients de l'agence A, qui vivent dans la peur permanente du masseur, cet employé qui viendra prendre soin de leur nuque, ont donc paradoxalement, trois à sept fois plus de chances de contracter la maladie ».

Une nouvelle vie

— J'ai une vie de merde. Je veux en changer. Vous avez quoi à me proposer ?

L'employée fixa l'homme qui lui faisait face et venait de surgir dans son bureau. Elle n'avait pas pour habitude de se laisser malmener. Les clients étaient exigeants, c'était leur droit, mais elle avait l'obligation de se faire respecter.

— Et moi, vous ne croyez pas que je veux en changer de vie ? répondit-elle en lui mettant son moignon sous le nez.

Stefanos recula, instinctivement. On ne voyait plus de moignon. Il y avait assez de prothèses robotiques bon marché pour que personne n'ait à supporter cette vision moyenâgeuse. Décontenancé, il s'assit calmement, n'osant plus reprendre la parole. Comme la dame ne disait rien, le silence s'installa.

Eva n'avait aucunement l'intention de sortir de son mutisme.

Stefanos comprit qu'il allait perdre la main définitivement s'il ne parlait pas rapidement, tenta une relance :

– C'est arrivé comment ?

Eva releva la tête et lui sourit :

– J'ai frappé un client trop entreprenant, tellement fort que je me suis cassé la main. Et comme j'ai continué à frapper, encore et encore à chaque fois qu'un type s'oubliait un peu trop, un jour, il a fallu amputer.

À l'évidence elle plaisantait, mais Stefanos distingua une lueur dans ses yeux qui permettait d'en douter. Elle ne blaguait peut-être pas.

– Je, vous m'en voyez désolé. Je, je venais pour consulter vos offres.

Eva le dévisagea :

– Je me doute.

Stefanos comprenait bien qu'elle se moquait de lui et tentait d'identifier le moment où tout avait pris un tour incertain. Lui et sa grande gueule. Il aurait pu rentrer poliment, demander le catalogue, le consulter, faire son choix et sortir. Ce n'était pas si compliqué, merde !

Oui, mais c'était bien pour cela qu'il voulait changer de vie. Parce que tout ce qu'il entreprenait dans celle-ci était raté. Il ratait tout, tout le temps.

Eva l'avait compris dès son entrée. Dix ans d'expérience chez LifeChanger lui avaient appris à interpréter les comportements en quelques secondes.

L'agressivité du bonhomme cachait mal son anxiété et son manque de confiance en lui. Les vêtements étaient de pauvre facture et la coupe de cheveux approximative l'enlaidissait. Les cernes, monstrueuses, témoignaient de sa peur et de son stress qui avaient atteint des niveaux insupportables. Une petite gens, voilà ce qu'elle avait sous les yeux. Une petite gens au bout du rouleau, pris aux pièges de la vie qui roulait, sans s'arrêter jamais. Un petit monsieur qui avait trébuché, trébuché encore et qui n'en pouvait plus de payer une ou deux erreurs originelles. Un petit monsieur incapable de comprendre que le problème ne venait pas de ses premières chutes, mais de son incapacité à les oublier pour passer à autre chose. Un petit monsieur comme tout le monde en somme.

Elle fixa son moignon : que serait-elle devenue si elle avait réagi comme ce pauvre type ? Parce que si quelqu'un dans cette pièce avait fait une connerie, c'était bien elle. Enfin, elle était là pour l'aider alors elle reprit d'une voix beaucoup plus douce :

– Dites-moi tout monsieur. Nous sommes partis sur le mauvais pied, mais vous êtes au bon endroit pour ce qui est de recommencer sur le bon !

Le soupir de soulagement que poussa Stefanos conforta Eva dans son diagnostic. Il était près de la rupture.

– Alors voilà, je, je manque de confiance en moi. Terriblement. C'est simple, je n'ai aucune confiance en moi. Et, et je rate tout à cause de ça. Je rate tout, tout le temps. Je rate ma vie. Alors je voudrais en changer, de vie.

Jusqu'ici, Eva aurait pu écrire les dialogues du pauvre type.

– Pouvez-vous détailler un peu ce que vous ratez ?

Stefanos n'en revenait pas d'avoir eu le cran de franchir cette porte. Il avait bien fait. Il avait eu raison, pour une fois d'avoir confiance en lui.

– Mais tout. Au travail...

– Vous faites quoi comme travail ?

– Je suis, je suis employé dans une entreprise qui fabrique des robots.

Comme c'était original.

– Mais encore, vous y faites quoi ?

– Oh, je suis censé leur trouver de nouvelles applications, de nouvelles idées enfin, vous voyez.

Oui, elle voyait. Encore un type payé à faire un boulot inutile pour préserver le semblant de paix sociale qu'il restait.

– Oui, très bien. Et donc ?

– Eh bien, j'aurais dû gravir les échelons, au lieu de cela, je végète. Non, je régresse. Quand je dois sauter sur une occasion, je n'ose pas. Quand je me lance, j'agresse tout le monde, je suis toujours à contre-courant. Avec ma femme, c'est pareil, je n'ose pas lui dire ce que je pense. Idem pour ma fille qui me prend pour un nase. Mes amis se foutent de moi, ma famille aussi et puis...

L'abcès était crevé et la litanie sortait comme du pus. Il se vidait de tous ces griefs accumulés, cuits et recuits. Eva ne l'interrompit pas, il fallait qu'il aille jusqu'au bout. Par contre, dès qu'il commencerait à reboucler, à radoter, elle le couperait.

– Non vraiment, je devrais être le numéro 2 de ma boite et...

Ça y était.

– Certainement, mais qu'aviez-vous en tête pour changer tout cela ? J'imagine que vous avez essayé toutes les méthodes de développement personnel ?

Stefanos avait essayé toutes les méthodes à la con.

– Oui, mais c'est pire que tout. J'ai tout essayé, toutes ces conneries. Mais c'est comme les régimes. La première semaine vous perdez 5 kilos et trois semaines plus tard, vous en avez 7 de plus. J'ai tout essayé. Parler à mon miroir, ah putain ce que j'ai pu lui parler à ce miroir « t'es le plus fort, tu peux tout faire » oui, ben ça marche jusque dans le couloir, mais en réunion, le plus fort il ferme sa gueule. J'ai bouffé du gingembre, du chou romanesco, il parait que c'est bon pour la confiance. En greffe peut-être, mais à manger, à part faire vomir, l'effet est limité. Je me suis collé au Yoga. Putain de yoga. Je peux dormir dans 59 positions sans me luxer un muscle, mais dès que je croise un dirigeant, je me claque un torticolis tellement je baisse la tête rapidement. Et la drogue, oui, la drogue aussi. Il parait que la marijuana a un effet bénéfique sur le moral. Je sais pas si faut en mettre dans le slip, mais en clop, à part me donner le tournis... Et puis le sport aussi, j'ai essayé le sport.

– Quels types de sports ?

– Ah mais tous. Tous les putains de sports que j'ai pu trouver censés avoir un effet sur la concentration et la confiance en soi. Le foot, le hand, le volley, l'haltérophilie. J'ai même tenté le curling, mais tout ce que ça m'a appris, c'est que les sportifs sont des crétins, qui ne pensent qu'à leur gueule.

– Et les sports individuels ?

– Pfff, la course à pied c'est bien quand on veut voir la mort arriver. On se fait tellement chier que ça en deviendrait presque une délivrance, mais à part trouver le courage de passer pour un con quand on continue à courir aux feux rouges, aucune amélioration. Et puis j'ai fait des stages, des ateliers, enfin tout un tas de conneries et rien ne marche. À la fin de la journée, je reste incroyablement en manque de confiance. Non, c'est pire même. Puisque maintenant je me dis qu'il y a un fond de vrai. Si après tout ça, je n'ai pas réussi, c'est que je ne réussirai jamais. Alors me voilà.

Sa physionomie avait radicalement changé pendant son laïus. De petit homme agressif et anxieux, replié sur lui-même, il était devenu un petit homme détendu et confiant. Comme lorsque l'on balance tous les symptômes de sa maladie chez le docteur, certain que d'avoir tout avoué amène la guérison : « Vous avez vu docteur, j'ai tout dit, alors c'est pas grave hein » ?

Eva connaissait par cœur ce type de personne. Et pourtant chacun restait unique dans son genre.

– Mais monsieur, si vous avez tout raté, je doute que vous ayez les moyens de vous offrir nos services.

Parce qu'à un moment, il fallait bien évoquer l'aspect financier. Pas la peine de leur concocter une vie sur mesure s'ils n'avaient pas les moyens de se l'offrir.

– Si, si, j'ai de l'argent. Enfin, je ne connais pas bien vos prix, mais j'ai de l'argent.

Combien de fois avait-elle entendu ça ? Ils avaient tous de l'argent, mais quand elle leur montrait le devis, ils regardaient le chiffre sans comprendre. LifeChanger ne faisait pas les choses à moitié. Ils proposaient un changement de vie radicale, sur la durée.

– Monsieur, nous ne faisons pas de la chirurgie esthétique. Nous ne faisons pas non plus, ce que certains de nos concurrents, moins exigeants proposent, à savoir vous injecter dans un autre corps. Non seulement ce processus ne fonctionne pas totalement, mais il réserve parfois de mauvaises surprises, croyez-nous.

– Mais je le crois, je le crois, c'est pour ça que je suis là.

Eva n'aimait pas qu'on l'interrompe. Aussi reprit-elle, sur un ton un peu cassant :

– Si vous le savez, vous devez le savoir monsieur que partout où vous voyagez, vous vous emmenez. Et c'est bien ça le problème non ? On vous refait le visage, on vous change le corps, on vous héliporte à l'autre bout de la planète, et vous êtes toujours le même. Et lorsque vous prenez conscience que le problème ne venait pas de votre gros nez, de votre petite taille, de votre femme qui vous étouffait ou de votre travail qui vous écrasait, lorsque vous prenez conscience de cette réalité monsieur, vous vous effondrez. Littéralement. Vous tombez dans un abime. Tout changer vous aura ramené à la quintessence de votre problème : vous.

Elle était lancée, elle s'animait et comme à chaque fois qu'elle déroulait son discours elle finissait par y croire, par y voir une réelle amélioration possible pour les personnes qu'elle avait en face d'elle. D'où la déconvenue lorsqu'elle devait se résigner à les renvoyer chez eux parce que décidément, ils n'avaient pas compris ce que "cher" représentait.

– Ici, nous vous écoutons bien sûr, pour savoir le type de vie auquel vous aspirez, mais surtout, nous allons au-delà, nous vous sondons, vous questionnions, vous disséquons pour identifier le mal-être profond qui vous empêche de vivre. Et lorsqu'il est identifié, nous l'éradiquons !

Elle avait fini sa dernière phrase en déclamant presque. Stefanos, silencieux, de plus en plus impressionné par la prestance d'Eva, n'osait plus bouger ou parler. Il pensait « Je voudrais être comme elle. Quand elle parle, on l'écoute. Elle impressionne. Elle y croit. Elle en devient belle. » Les sentiments se mélangeaient dans son esprit. Il aurait voulu avoir son aisance, mais il ne voulait pas de sa vie. Employée de bureau. Elle était employée de bureau. Un grand bureau, mais un bureau quand même. Ou pas finalement, il n'en savait rien.

– Quel est votre titre dans la société, je ne l'ai pas bien saisi ?

Eva, très animée, s'attendait à beaucoup de questions. Ils posaient toujours des questions à ce moment, mais cette question en particulier la prit de court. Pourquoi voulait-il connaitre son poste ? Elle lui décrivait par le menu un avenir rayonnant et ce con lui demandait sa fonction.

– Je suis conseillère en changement de vie, comme c'est inscrit sur la holocard que je vous ai remise en entrant.

Stefanos se sentit bête. Oui, il l'avait vue sa carte. « Conseillère en changement de vie ». Quel métier bizarre, surprenant !

– Et vous avez des commissions sur chaque dossier ?

La patience n'était pas le fort d'Eva et ce patient lui paraissait de moins en moins sérieux, crédible. Elle allait devoir écourter l'entretien, passer à autre chose, tant pis.

– Vous n'êtes pas venu pour me demander comment je

suis rétribuée, si ? Vous n'aviez pas un problème insurmontable en rentrant ? Je crois me souvenir que vous étouffiez tellement que vous en étiez agressif. C'est fini ? Vous avez fait votre caca nerveux et vous revoilà dans le circuit ? Très bien, la visite d'établissement du devis est gratuite, mais comme vous n'avez besoin de rien, la porte est là.

Stefanos, comprenant ce qui était en jeu, se reprit immédiatement ;

– Je suis désolé, non, j'ai vraiment un problème. Alors, faites-moi mon devis et je fonce.

– On parle en centaine de milliers de crédits, nous sommes d'accord.

Stefanos accusa le coup :

– Ah quand même.

– Je vous avais prévenu. Mais vous allez me dire que vous pensiez dépenser 10 000 crédits pas plus ?

– Non, non, ça va. J'ai l'argent.

– Bien alors, du premier diagnostic que je vois, votre problème est finalement assez simple.

– Ah, tiens ? Vous m'étonnez, mais vous me rassurez aussi.

Toujours cette manie de couper les gens avant qu'ils aient fini leurs propos.

– Vous souffrez d'un complexe d'infériorité assez classique que vous attribuez, de manière erronée, à votre physique. Nous allons faire quelques modifications physiques certes, pour rehausser votre estime, mais surtout, nous allons procéder à l'altération des zones du cerveau qui vous inhibent, nous supprimerons la zone qui contient les souvenirs d'enfance qui vous empêchent d'avancer, car, n'ayez aucun doute là-dessus, il y a toujours un moment de l'enfance déclencheur de nos malheurs. Nous ferons également un petit réglage quant à votre complexe de supériorité.

- Ah bon, j'ai un complexe de supériorité ?

- Oui. Et un sacré de ce que je vois, mais ça va toujours de pair avec le complexe d'infériorité. Enfin, c'est plus compliqué que cela, mais croyez-nous, il faut traiter les deux.

- D'accord. Et après ?

- Après ? Eh ! bien, après, vous serez un homme nouveau.

Stefanos ne comprenait pas.

– Comment ça ? Un coup de ponceuse sur le tarin, un coup de lime dans le cerveau et c'est fini ? C'est ça Lifechanger ? Ensuite vous me renvoyez chez moi ? Ah mais c'est pas du tout ce que j'avais compris. C'est n'importe quoi votre truc.

Ce type cumulait toutes les tares du mauvais client.

– Moi j'avais compris que je venais, je choisissais un modèle de vie et vous le mettiez en branle. Genre, je choisis d'être, je ne sais pas moi, un intrépide aventurier, et hop, je me réveille dans la peau d'un intrépide aventurier. Enfin, je change de vie quoi !

Pourquoi fallait-il toujours qu'ils fassent semblant de ne pas comprendre ? Faisaient-ils semblant d'ailleurs ? Elle fixa sa montre. Allez, encore 2 minutes avec lui et elle le laissait partir ou le foutait dehors :

– C'est ce que je viens de vous dire : LifeChanger ne fonctionne pas comme les autres entreprises. Si nous vous envoyions dans la peau d'un aventurier intrépide comme vous dites, vous auriez toujours vos problèmes de confiance. C'est cela qu'il faut changer. Ensuite, oui, nous allons altérer, modifier, changer votre comportement pour qu'il s'adapte le plus possible, mais c'est à vous de vous construire cette nouvelle vie.

Stefanos ne comprenait pas. Non, il ne voyait pas.

Eva, qu'une fatigue intense submergea, décida de lâcher l'affaire :

– Mais c'est normal que vous ne voyiez pas. Cette offre est la meilleure sur le marché. La meilleure. Elle vous garantit le bonheur, vraiment. Vous allez vous construire votre propre vie, avec vos armes et vous aurez un tel sentiment d'accomplissement de réussite personnelle, que ce bonheur sera inattaquable, inaltérable. C'est un diamant à côté des offres charbonneuses où on vous colle dans une autre vie avec les mêmes tares que dans la précédente. Mais, je vous l'accorde, c'est aussi la pire offre. Parce que pour comprendre à quel point cette offre est unique, il faut avoir un peu de jugement. Or tous les gens qui rentrent dans ce bureau ont une vie de merde parce qu'ils sont trop CONS pour arriver à en changer. Et donc trop cons pour comprendre ce qui est bon pour eux. Et pensez-vous qu'ils nous feraient confiance ? Non. Ils discutent, ils argumentent, ils jacassent, ils contestent. Mais c'est qui le spécialiste du changement de vie bordel, c'est vous ou c'est moi ? Quinze ans que je rends les gens heureux, quinze ans ! Et pour une vie sauvée, pour un bonheur rendu, j'ai mille trous de balle dans votre genre qui avouent que tout ce qu'ils ont fait jusqu'ici c'est de la merde, mais qui spontanément savent que « Non l'offre de lifechanger ne me parait pas bonne ». Est-ce que vous faites chier le chirurgien quand il vous explique qu'il va vous enlever un morceau de foie pour éviter un cancer fulgurant ? Non, vous dites « merci docteur » mais avec moi, avec moi, vous discutez, vous pinaillez, vous commentez, vous doutez, vous m'emmerdez. Pourtant qui est plus au courant du bien-être de cette offre que moi ?

Stefanos avait encore perdu le fil. Il perdait souvent le fil en fait. C'était un autre truc qu'il aurait aimé régler. Eva continuait à éructer. Il réussit à placer :

— Mais pourquoi êtes-vous si bien placée ?

— Mais parce que j'y suis passée au LifeChanger.

À ce stade, Eva ne parlait plus, elle hurlait.

— J'y suis passée, c'est moi qui ai créé cette compagnie. J'y ai tout mis, je me suis testée et cette offre est géniale, géniale. Elle n'a qu'un défaut, mais un sacré putain de défaut. Elle s'adresse à des gens intelligents alors qu'il n'y a que les CONS qui veulent se l'offrir et ILS SONT TROP CONS POUR LE COMPRENDRE !

Stefanos qui n'avait cessé de reculer son fauteuil pendant qu'Eva s'avançait vers lui menaçante, était maintenant convaincu.

— Ouais, ça marche pas quoi.

— Quoi ? Mais, mais SI JE VIENS DE VOUS...

— Vous venez de me montrer quelqu'un d'aigri, agressif et clairement pas super heureux. Non, je vois bien, c'est une arnaque votre offre. Je vais aller claquer mes crédits ailleurs. Chez un de vos concurrents qui ne servent à rien comme vous dites. Un de ceux qui vous mettent dans un androïde là, ça, c'est sérieux.

Eva resta, bras ballant, sans un mot tandis que Stefanos sortait du bureau.

Encore un client de perdu. C'était toujours la même chose. Elle s'emportait à chaque fois avant de conclure la vente. Elle n'avait pas signé un contrat depuis 6 mois. C'en était désespérant. Son assistant entra à ce moment, ayant vu Stefanos partir :

— Alors ?

Eva, consciente de son échec répondit :

— Alors il va falloir ôter cette partie de mon cerveau qui me fout en rogne. Je crois que c'est ça qui me bouffe la vie.

— On a déjà enlevé plein de trucs quand même, il va plus rester grand-chose.

Eva s'emporta :

— Je te dis que c'est ma colère le problème. Je sais de quoi je parle non !

Une deuxième chance

Hidalgo allait changer de vie. Au sens propre. Et il n'en revenait pas. Du haut de ses 48 ans, ou plutôt du bas de ses 48 ans si l'on considérait son état mental, il n'avait jamais espéré pouvoir remodeler sa vie. Il en avait rêvé, il l'avait fantasmé oui, mais il était douloureusement conscient de l'impossibilité d'atteindre ce rêve. D'atteindre tous ses rêves. Alors il rêvait, mais sans agir. Il espérait. Il priait.

L'espoir et la prière n'ont jamais changé l'eau en vin, et la vie d'Hidalgo s'écoulait, tristement immuable. Sa vie n'était pas plus mauvaise qu'une autre, pour peu que l'on puisse comparer des vies. Mais la souffrance qu'il ressentait ne cessait de grandir. Avec le temps, l'espoir d'une nouvelle vie, un jour, peut-être, restait le seul bâton sur lequel il pouvait s'appuyer. L'espoir, ridicule, impensable, inaccessible d'un nouveau départ, le retenait de commettre l'irréparable. Il trainait sa carcasse, de jour en jour, d'année en année.

Il avait cherché le moment où sa vie avait commencé à

se dégrader. Quel instant fatal avait-il traversé qui avait brisé son élan ? Car Hidalgo croyait fermement que la vie était une succession de choix et de non-choix et qu'à certains croisements, certaines décisions influaient sur le reste de la vie, sans espoir de retour. Comme si l'on perdait prise sur sa vie, passée cette étape critique.

Enfermé dans cette vision, Hidalgo espérait trouver LE moment qui avait détruit sa vie.

Techniquement, Hidalgo avait détruit sa vie à tenter d'identifier cet instant. Jour après jour, il avait fait le choix de continuer à éclairer son passé plutôt que son avenir. Un psychiatre en stage de première année aurait pu l'instruire sur son dilemme, sur l'insanité de sa position. Un pilier de bar en milieu de cuite l'aurait dessalé avec quelques mots durs, mais lucides. Sa femme, ses enfants n'avaient cessé de lui ouvrir les yeux. Hidalogo écoutait, essayait pendant quelques jours de se tourner vers le lendemain, de préparer un avenir et retombait sempiternellement dans ses vieux travers.

Jusqu'à ce qu'il se rende compte, enfin, qu'identifier ce moment ne changerait rien. À quoi bon identifier ce moment s'il ne pouvait influer dessus. Alors la tristesse avait laissé place à la dépression, et le suicide était devenu son compagnon journalier. Le chien noir lui susurrait « À quoi bon ? À quoi bon ? Le moment a existé, tu ne peux plus rien y faire. Tu as raté le coche. Tu as raté ta vie ». La bête lui parlait, il écoutait et il entendait. Le seul fil qui le retenait à la vie était cette idée, aussi absurde que stupide, qu'avec les progrès de la science, il pourrait peut-être, un jour, revenir au moment crucial. Et alors, rien ne serait trop tard. Tout redeviendrait possible.

Comment la science aurait-elle pu l'aider, il ne se le figurait pas précisément, mais il voyait bien le monde évoluer. Évoluer à vitesse grand V.

Le monde se transformait, sur ce point Hidalgo était dans le vrai. La science offrait des possibilités vertigineuses et chaque jour apportait une nouvelle utopie, abattait un nouvel impossible.

Pourtant, rien ne changeait, jusqu'à ce jour d'octobre où il rencontra Sémaphore. Un nom surprenant pour une femme qui ne l'était pas moins. Hidalgo n'aurait su dire si elle était belle, mais il avait instantanément ressenti la chaleur, l'intelligence qu'elle dégageait.

– Bonjour.

Il n'y avait aucune raison pour qu'une femme vienne parler à cet homme vouté, collé au comptoir de ce bar quelconque.

Hidalgo buvait trop, toujours trop, mais il n'était jamais saoul. Il ne s'ivrognait pas, mais buvait tant que son corps le supportait. Comme il buvait lentement, il perdait rarement le contrôle. Mais son physique, sa tenue, s'en ressentait.

– Bonjour, répondit-il.

– Je peux vous offrir un verre ?

Un de plus ou un de moins, quelle différence songea-t-il.

– Merci. Je prendrai un Cosmo.

Pourquoi avait-il demandé un cocktail lui qui ne buvait que du whisky ? Était-ce un moment clef de sa vie ? Pourquoi avait-il fait ce choix-là ? Pourquoi maintenant ?

— Deux Cosmo, s'il vous plait, commanda-t-elle.

Pourquoi prenait-elle la même chose ? Avait-il choisi un cosmo car il pensait qu'elle était une femme à en boire, et il voulait l'impressionner ou avait-elle choisi un cosmo, car elle voulait l'apprivoiser ? Où était-ce un hasard ?

Le hasard, le hasard était le deuxième ennemi d'Hidalgo. À quoi servait-il de faire des choix si le hasard s'en mêlait, emmêlait tout ? Comment connaitre les conséquences exactes d'une décision quand elle était polluée par les coïncidences ? Hidalgo détestait le hasard.

— Je vais prendre un whisky finalement.

— Un whisky et un Cosmo, s'il vous plait.

Non, elle avait bien choisi un cosmo car c'est ce qu'elle voulait. Ou alors elle n'avait pas osé changer pour une autre boisson de peur qu'Hidalgo ne se doute qu'elle avait choisi la même boisson que lui pour l'amadouer. Pourquoi voulait-elle l'amadouer d'ailleurs ? Qui était-elle ? Son comportement était bizarre, surprenant, agressif même.

— Qu'est-ce que vous me voulez ? Qui vous envoie ?

Sémaphore ne cilla pas. Le sourire resta sur ses lèvres, intact. Quand les consommations arrivèrent, elle leva son verre pour trinquer. Hidalgo pesait le pour et le contre, et décida de trinquer. Sémaphore en choquant délicatement son verre contre le sien dit :

— Au destin.

— Au... au destin.

On le prenait pour un idiot. Il jeta un regard circulaire,

espérant identifier un ami, un collègue, une connaissance. De fait, il connaissait tout le monde de vue dans le bar, mais rien à chercher de ce côté-là. Quelques poivrots comme lui, plus ou moins avinés. Ceux qu'ils croisaient tous les jours depuis qu'il fréquentait ce bar.

– C'est un toast surprenant. Surtout avec un inconnu, relança-t-il.

– Et pourquoi donc ? C'est justement lorsque l'on trinque pour la première fois avec une personne que cela s'impose. Les fois suivantes, ce n'est plus le destin, ce sont les affinités.

– On pourrait aussi trinquer tout le temps au destin, puisque, s'il y a un deuxième toast, il est bien lié au premier et donc au destin.

– C'est vrai, mais il faut bien avancer. On ne peut pas répéter le même moment ad nauseam.

Hidalgo parcourut de nouveau le bar du regard. Ce dialogue n'était pas le fruit du hasard. Quelque chose clochait. Il était alcoolique, dépressif, mais pas totalement stupide.

– Sémaphore, c'est un drôle de nom.

– Vous trouvez... Hidalgo ?

– Si votre nom vous va comme le mien, vous ne devez pas éclairer grand-chose.

Hidalgo n'était pas beau et il avait dilué sa classe, goutte par goutte dans un océan de whisky et de désespoir.

– Vous êtes amusant.

– Vous ne répondez pas à mes questions.

– C'est vrai.

Et ils restèrent ainsi de longues minutes à siroter leurs verres. Hidalgo ne disait plus rien, car il attendait un signe du destin. Il avait parlé, mais craignait de briser quelque chose en continuant. Sémaphore ne disait rien non plus.

Lorsque leurs verres furent vides, Hidalgo proposa une autre tournée. Elle accepta. Au moment de trinquer Hidalgo souffla :

– Au passé.

– Au passé. Mais c'est encore plus étrange comme toast non ?

Non, cela ne l'était pas pour Hidalgo. Son passé contenait son avenir. Il lui fallait y retourner pour se construire un nouveau futur. Mais il n'en dit rien à la jeune femme. Seul un fou pouvait tenir de tels propos.

– Cela dépend d'où on se place.

Cette réponse était encore plus cryptique.

– Je dois vous avouer quelque chose, Hidalgo.

Il tourna la tête pour l'observer. Il sentait venir un de ces moments, un de ces moments charnières. La main qui tenait son verre se mit à trembler, légèrement. Il reposa le verre et reporta toute son attention sur Sémaphore.

– Je ne suis pas là par hasard.

On y était. Il resta silencieux.

– Nous vous avons repéré.

Repéré ?

– Parmi des centaines, pour ne pas dire des milliers de candidats.

Candidats ? Candidats à quoi ?

– Je ne suis candidat à rien, prononça-t-il.

Même à ses oreilles cette phrase sonnait faux. Il était candidat à tout. À tout.

– Nous vous connaissons bien. Mieux que vous ne le pensez. Et nous croyons que nous pouvons nous aider mutuellement.

Hidalgo allait expliquer qu'il n'avait pas besoin d'aide quand il croisa son regard dans la glace. Qui pouvait croire que cet homme de 48 ans qui en paraissait 55, aux habits défraichis, au regard vitreux, n'avait besoin de rien. Il avait besoin de tout au contraire.

– Je vous écoute.

– Nous pouvons vous aider à résoudre votre problème.

– Mon problème ?

Il la dévisagea, essayant de voir au-delà de son apparence.

– Oui. Nous avons mis au point une technique révolutionnaire qui...

Elle marqua un temps d'arrêt pour signifier l'importance de ce qu'elle allait ajouter.

– Qui permet l'impossible.

– L'impossible, rien que ça ? Vous pouvez me ramener au moment où tout a basculé, c'est ce que vous êtes en train de me dire.

Il avait formulé son dilemme spontanément, comme si

tout le monde devait comprendre où il en était de ses réflexions. Sémaphore ne releva pas, ou plutôt, elle continua comme si la discussion suivait un fil logique, naturel.

— Ce n'est pas aussi simple, mais moyennant quelques ajustements, quelques compromis, oui, nous pouvons vous offrir une deuxième chance.

Compromis, le nom sonnait mal à ses oreilles. Lorsqu'il avait 20 ans, il s'arcboutait sur des principes, refusant de rien lâcher. À trente ans, il avait commencé à renoncer et à 48 ans, il avait déjà réalisé tous les compromis possibles. Sans que cela ne lui rapporte rien. Il avait vendu son âme au diable et le diable n'en avait pas voulu.

— Quel genre de compromis ?

— J'ai parlé de compromis ? Le mot exact serait sacrifice. Quelques sacrifices, renoncements, car vous le savez surement, rien de grand ne se fait sans sacrifice.

Était-ce vrai ? Il avait longtemps cru que le sacrifice était nécessaire pour toucher à la grandeur. Il pensait que cela restait insuffisant, mais néanmoins inévitable. Mais que lui restait-il à sacrifier ?

— Vous savez, à part ma femme et ma fille, je n'ai rien à …

Il posa son verre. Oui, il n'avait rien, mais Hélène et Mirna étaient tout ce qui donnait, malgré tout, un sens à sa vie. Tandis qu'ils cherchaient un but à sa vie, qu'il remontait sans fin le cours du temps pour identifier ce qui avait cloché, ce moment où tout avait dérapé, il tentait de se convaincre que malgré tout, ils les avaient elles. Il n'y croyait pas vraiment, il ne leur accordait pas le temps et l'attention qu'il aurait dû, mais il les savait là.

– Vous ne voulez pas dire que... je ne toucherai jamais à un de leurs cheveux.

Sémaphore partit d'un grand éclat de rire.

– Qui vous parle de cela ? Nous parlons de sacrifice, par de rite sacrificiel.

Hidalgo recommanda une tournée, pour lui uniquement, car Sémaphore avait assez bu. Il ne comprenait plus rien à ce qui se passait. Sémaphore, sacrifice, rite.

– Et vous proposez quoi, concrètement ?

Sémaphore se leva, lui tendit une carte et murmura en partant :

– Une deuxième chance. Une chance de repartir à zéro.

Et elle le laissa planté là. Il finit son verre, rentra chez lui, embrassa sa femme et sa fille par habitude, se coucha tel un zombie et ne fit aucun rêve. Le lendemain, il se crut un autre homme. Il n'attendait plus rien depuis si longtemps. Ce matin-là, il attendait. Il observa la carte toute la journée, enfin, vers 18h00, il prit son courage à deux mains et composa le numéro :

– Alternative(s), j'écoute.

– Bonjour, je voudrais parler à Sémaphore s'il vous plait.

– Sémaphore, répéta la voix. Ne quittez pas, je vous la passe.

– Bonjour. C'est Hidalgo.

– Ah, vous avez réfléchi ? répondit Sémaphore.

– Oui.

– Bien. Vous êtes prêt à entendre notre proposition ?

– Oui. Tout à fait prêt.

Elle lui donna rendez-vous dans un quartier chic de la ville. Les nouveaux riches qui avaient fait fortune dans le sillage de la quatrième révolution robotique s'étaient tous installés dans ces quartiers où le chic le disputait au moderne. Devant l'immeuble de 7 étages tout en verre, il fut d'abord impressionné, se raisonna et entra d'un pas décidé.

– Bonjour, j'ai rendez-vous avez Sémaphore.

– 7e étage.

Dans l'ascenseur, il se demandait toujours ce qu'il faisait là, mais qu'avait-il à perdre ? À part sa femme et sa fille. Et l'horreur de cette pensée le fit transpirer abondamment.

– Installez-vous mon cher Hidalgo. Alors, vous avez réfléchi ?

– Oui. Mais j'aimerais en savoir plus sur cette notion de sacrifice.

– C'est assez simple. Vous voulez une deuxième chance, c'est bien cela ?

– Oui.

– Alors pour l'obtenir, il faut accepter de renoncer à votre femme et à votre fille.

Le marchandage se précisait.

– Comment cela ?

– Lorsque vous recommencerez votre nouvelle vie,

vous ne pourrez plus les voir, leur parler. Pour tout dire, vous ne vous souviendrez plus d'elles.

Les oublier, les abandonner ? Les oublier, après tout, s'il ne se souvenait pas qu'elles existaient. Il n'aurait aucun regret, lui qui avait toujours tout regretté. Quant à les abandonner, n'était-ce pas le plus beau cadeau qu'il pouvait leur faire, à elles, qui l'avaient supporté toutes ces années, pour le pire et le moins bon ? Voilà un sacrifice qui avait du panache.

– Cela prendrait quelle forme ? Je n'ai toujours pas compris en quoi consisterait ma deuxième chance.

– C'est très simple : nous vous reprogrammons et nous injectons votre cerveau dans une nouvelle version. Une version débarrassée de vos doutes, regrets, tâtonnements. De toutes ces notions qui vous empêchent de vous révéler pleinement.

Hidalgo n'était pas certain de saisir exactement ce que Sémaphore expliquait, mais il captait un sens, une direction.

– Comment saurais-je que, que je ne referai pas les mêmes erreurs.

– Nous laissons, lors de la reprogrammation, quelques traces de votre passé. Qui agiront comme des alarmes, des phares.

– Des sémaphores ?

– Voilà.

Quarante-huit ans qu'il attendait ça. Quarante-huit ans qu'il espérait l'impossible et enfin, enfin, quelqu'un le lui proposait. Si le destin avait un nom, il s'appelait Alternative(s) et Sémaphore.

– Et, cela me coutera combien ? Parce que je n'ai pas beaucoup d'argent.

Oui, c'était sa seule crainte à ce moment-là. Passer à côté du destin par manque de moyen.

– L'argent ne devrait pas être un problème.

Le radar d'Hidalgo se mit en route. C'était trop beau pour être vrai.

– Notre technologie est encore au stade de développement. Nous avons fait de nombreux tests, qui ont tous donné des résultats impressionnants, mais l'autorisation de commercialisation n'est pas encore acquise. Nous procédons à des tests en situation réelle.

Gratuit car dangereux. Il en fut presque soulagé.

– Et il y a eu des accidents ?

– Aucun. Vous êtes, a priori, notre dernier patient gratuit.

– Vous avez déjà proposé une deuxième chance à d'autres ?

– Oui, vous êtes le 25ième.

Ah, ce n'était pas comme s'il était le premier. Le destin était de son côté.

– Quand pourrions-nous commencer ?

– Eh bien maintenant si vous le souhaitez.

Maintenant ? Là, tout de suite ? La première pensée d'Hidalgo fut d'aller dire au revoir à sa femme et à sa fille et sa deuxième pensée fut que s'il quittait cet immeuble, il ne reviendrait jamais. Il avait raté son destin une fois, il ne le manquerait pas une deuxième.

– Je signe où ?

Sémaphore sortit une liasse de papier qu'il signa sans la lire.

– Et maintenant ?

– Maintenant, je vais vous conduire vers une salle de repos et nous procéderons à la regénération dès demain.

Demain ? Une journée à profiter de lui avant d'être un autre.

– Mais, mes autres souvenirs ? Je les aurai encore ? J'aurais le souvenir que c'est ma deuxième chance ?

– Oui bien sûr. C'est tout l'intérêt de cette méthode. Vous oublierez ce qui vous empêcherait de vous reconstruire pleinement, mais vous vous souviendrez de ce qui vous aidera à avancer.

Il le savait. Hidalgo l'avait toujours su. La science progressait à pas de géant. La robotique, l'intelligence artificielle, la nanotechnologie avaient rendu possible l'impossible.

Il était excité comme un enfant la veille de Noël. Son plus beau cadeau arrivait. Il finit pourtant par s'endormir et sa dernière pensée fut qu'il avait enfin eu un peu de chance et il souriait lorsqu'il sombra.

*

– Regarde-moi ce gros con.

L'homme feuilletait machinalement une liasse de papiers.

– Il a tout signé cet abruti. Je ne sais pas comment tu fais. Tu m'épates.

Il ajouta avec un sourire ironique

– Sémaphore... Putain, plus c'est gros, plus ça passe. T'as fait comment, sérieux ?

Sémaphore, ou plutôt Jeanne Lancelin, haussa les épaules :

– Oh, la routine. J'ai vu entrer ce pauvre type dans le bar. Il trainait toute la misère sur ses épaules. J'ai tenté le coup de la deuxième chance et il a mordu. Ils mordent toujours.

– Quand même, Sémaphore, il ne s'est pas douté ?

– Douté de quoi ? Le mec est au bout du rouleau, il est prêt à croire à n'importe quel mensonge qui éclaire un peu sa vie de merde. Alors Sémaphore, tu penses.

– Parfois, tu me dégoutes.

– J'en ai autant à ton service, lança-t-elle dans son grand éclat de rire si chaleureux.

– Allez, occupe-toi de lui, on a un Saoudien qui a acheté ses yeux, le cœur doit être à Sao Paulo dans 24 heures, le rein partira chez une certaine Selma, le cerveau doit être livré au centre de robotique de Paris, mais discretos.

Alors qu'il sortait de la pièce, il se retourna, jeta un dernier regard sur Hidalgo et dit à Jeanne :

– Finalement, on lui propose une deuxième, troisième et quatrième chance. Mais en morceaux ahahaha.

La liste

– Vas bien te faire enculer et tu peux être sûr que je te mettrais sur la liste. Ouais, cette année, mon choix se portera sur toi.

Jocelin prit le malotru en photo et ajouta :

– Voilà, ahahah, j'ai ta gueule. T'es sur la liste mec ! T'es mort.

Le petit plaisir qu'éprouva Jocelin en menaçant le sale type qui venait de le bousculer sans s'excuser s'estompa lorsque l'autre se retourna, le prit en photo à son tour :

– Pas la peine d'être grossier monsieur. Regardez, moi aussi je viens de vous ajouter sur la liste. Je ne vous ai pourtant pas insulté.

Jocelin fit ses calculs rapides et une personne de plus, cela devenait impossible. On était en juin et il était au moins sur la liste de 15 personnes. Quant à lui, il avait ajouté tellement de monde qu'il ne se souvenait même plus de la moitié. Sa liste se résumait à rien, mais il était sur la liste de quinze autres.

À ce rythme, il allait finir sur 30 listes. Et 30 listes, ça devenait tendu. À partir de 50, il était presque sûr d'être élu.

— Écoutez, je me suis peut-être emporté.

— Pas peut-être, beaucoup.

— Oui, appelez ça comme vous voulez. Une chose est sure, nous n'avons aucun intérêt à nous ajouter chacun. Il suffit, de, de discuter et nous pouvons régler ça à l'amiable.

Jocelin détailla l'homme qu'il avait en face de lui et n'aima pas beaucoup ce qu'il vit. Cet homme n'était pas du genre à discuter. Pas du genre du tout. Il était posé, placide presque, mais pas comme un mou, non comme un roc. Une sorte de Maigret. Et les Maigret ne discutaient pas.

— Allez, soyez chic. Je vous enlève. Je vous montre que je vous enlève et vous m'enlevez. Hein ?

L'homme sourit. Jocelin l'étudia et le sourire était le sourire le moins souriant qu'il ait pu voir. Ce type arrivait à vous insulter en souriant. Pourtant ce n'était pas un sourire ironique, non, ni un rictus, ni un sourire froid, c'était un sourire accusateur. Voilà, ce type arrivait à mettre de l'accusation dans son sourire.

— Vous m'enlevez pas, c'est ça ?

Il ne répondait pas, il ne répondait toujours pas. Mais son sourire s'accentua. Comment un tel sourire pouvait-il s'accentuer ? Tout en restant un sourire alors qu'il n'en était pas un.

— Vous n'êtes pas un robot au moins ?

Il y avait de l'espoir dans la voix de Jocelin. Les robots

ne pouvaient pas vous mettre sur la liste. Les robots n'avaient pas de liste ! Et ce type avait l'air d'un robot. Il n'y avait que les robots qui pouvaient sourire sans sourire.

Pour toute réponse l'homme lui colla une gifle. Pas énorme, mais soutenue.

— J'ai l'air d'un robot là ?

Merde, pensa Jocelin. Un robot ne pouvait pas frapper un homme sans raison et leur altercation n'entrait clairement pas dans la liste des raisons. Ce type était un homme. Et en tant que tel, il avait une liste. Merde.

— Non, on va dire que non.

Et le type retomba dans son mutisme. Il ne parlait pas, mais il ne partait pas. Jocelin avait forcément une carte à jouer malgré tout. Si l'homme s'en moquait, il serait déjà parti.

— Bon alors, on peut discuter.

...

— Je m'excuse voilà. J'ai eu tort ! Je n'aurais pas dû vous insulter parce que vous m'avez bousculé.

Le sourire se précisa et l'homme dit :

— Vous m'avez quand même insulté. D'enculé. Et vous m'avez menacé. Ça ne s'oublie pas comme ça.

Un susceptible. C'était bien sa veine, entre tous les connards bousculateurs, il fallait qu'il tombe sur le susceptible.

— Je m'excuse de vous avoir insulté et listé. Je m'excuse platement.

– OK. Vous m'enlevez et je vous enlève.

Et voilà, toujours la même chose. Personne ne voulait jamais enlever l'autre en premier et prendre le risque de rester sur une liste. Personne. Les négociations duraient toujours des plombes et finissaient 9 fois sur 10 par l'augmentation de la querelle, avec parfois l'intervention d'une tierce personne et on finissait sur deux listes au lieu d'une !

Avec un type pareil, Jocelin n'avait aucune chance de négocier quoi que ce soit. Autant lâcher tout de suite.

– D'accord. Regardez.

Il manipula son bracelet connecté et quelques secondes plus tard, le bracelet de l'homme émit un bruit.

L'homme le consulta, sourit et reprit sa course en disant :

– Merci.

Il venait de se faire avoir. On était en juin, la probabilité qu'il disparaisse de la liste du type d'ici décembre était non négligeable. Il avait déjà trop déconné.

– Non, merde, vous ne pouvez pas faire ça ! Enfin, je me suis excusé, je vous ai ôté.

– Et je vous en remercie. Au revoir.

Jocelin s'était fait avoir comme un bleu. Et on ne pouvait pas ajouter une personne qu'on avait enlevée. Pas avant 5 ans.

Bon, perdu pour perdu, il pouvait toujours lui casser la gueule. Il courut après le type, se jeta sur lui de dos, le fit tomber et lorsque l'homme fut à terre, s'acharna dessus à coup de poing. L'homme ne se défendit même pas.

– Tiens, prends ça enculé, je vais t'apprendre à te foutre de moi, fumier. Tiens, et tiens.

Les passants commencèrent à s'arrêter. Depuis cette loi sur les listes, les mêmes passants qui tournaient la tête s'intéressaient maintenant. Plus besoin de se battre, il suffisait de menacer l'agresseur de le mettre sur sa liste et les plus véhéments se comportaient comme un vieillard sous bromure. Jocelin jeta un regard circulaire sur l'attroupement. Il fut pris en photo plusieurs fois et son bracelet émit trois bruits stridents de suite.

– Mais c'est pas vrai. C'est pas vrai. En fait, vous ne voulez plus de gens énervés. Vous voulez une société de vieux c'est ça ? De vieux et de moutons ! De gens qui baissent la tête, qui s'écrasent.

Pour seule réponse, son bracelet bipa. Jocelin se rendait bien compte qu'il réécrivait l'histoire. S'il était aussi souvent sur les listes c'était dû à 90% à son caractère de merde, pas à son refus de suivre les règles. D'une manière générale, il était docile, plutôt peureux, mais dès qu'on l'agressait, qu'on lui parlait mal, qu'on le bousculait, c'était plus fort que lui, il perdait le cap. S'inventer une virginité ne servait à rien.

– 21 listes. Je suis sur 21 listes. On est le 15 juin. Je suis mort. Mort.

Il parlait à l'assemblée, espérant déclencher un petit accès d'empathie. Pour tout résultat, son bracelet émit un autre bruit strident.

– 22 listes ? Quel est l'enculé qui m'ajoute après que j'ai dit « je suis mort », hein, quel est l'enculé ?

Il prenait toute la foule à témoin. C'était, littéralement,

suicidaire. Il y avait maintenant un attroupement d'une trentaine de personnes.

– Ah pour lister, y-a du monde, mais pour se dévoiler, y-a plus personne. Je suis foutu quoi.

Il prit conscience de la bêtise de son geste. Combien de fois avait-il vu des gens se suicider de cette façon ? Ce n'était même pas les plus nuisibles. Et il savait déjà ce qu'il allait se mettre à faire. Il allait dérouler un grand discours pour tenter de convaincre les autres de se rebeller. Cela ne servirait à rien, à rien d'autre que de l'ajouter sur quelques listes de personnes craignant plus que tous les contestataires. Pourtant, il s'adressa à la foule.

– Messieurs, mesdames, pourquoi nous infligeons-nous ça ? Hein pourquoi ? Nous pourrions nous entraider au lieu de nous déchirer ?

Sa voix était posée, il affichait une sérénité qu'il n'éprouvait pas. Si seulement il avait pu faire montre d'autant de calme plus tôt, et plus souvent dans sa vie.

– Rendez-vous compte. Envoyer quelqu'un à la mort, c'est horrible. C'est monstrueux.

Puis prenant chacun à témoin :

– Cela pourrait être votre fils madame, ta sœur mon petit, vos petits-enfants monsieur.

– Vous savez très bien que c'est la démocratie. C'est nous qui choisissons. Nous et personne d'autre.

Et c'était vrai. Jocelin le savait. Chaque année, 50 000 personnes étaient exécutées. Les 50 000 qui apparaissaient en tête des listes. 50 000 sur 80 millions, ça ne représentait pas tant que ça. Mais tous les ans, cela devenait plus problématique. Au début, il s'agissait de se débarrasser des nuisibles. Le gouvernement avait songé aux retraités mais ils étaient ceux qui votaient le plus alors le système avait changé. Et avec une logique d'une simplicité cauchemardesque les listes étaient apparues : si une personne est désignée par tant de ses concitoyens pour mourir, c'est qu'elle doit le mériter.

– Personne ne mérite de mourir. Ce n'est pas à nous de donner la mort.

– Mais si, c'est ça la démocratie, insista une jeune femme.

– Et puis, nous ne donnons pas la mort, nous désignons les coupables, renchérit un vieux monsieur qui avait pourtant l'air si gentil.

– Les coupables, les coupables, mais ce sont des victimes, pas des coupables. Regardez-moi, vous allez m'envoyer à l'abattoir parce que je vous ai insulté. Ça vous parait normal ?

L'attroupement avait atteint une taille impressionnante et Jocelin jouait son va-tout. S'il pouvait convaincre suffisamment de personnes il démarrerait peut-être un mouvement et, et … rien du tout. C'était ridicule. Il était ridicule. Ce monde, cette vie étaient ridicules. Et qu'avait-il fait pour changer le système ? Il était bien content lui aussi de pouvoir désigner une personne ou plusieurs.

– Et puis dites-donc, vous êtes gentil, mais vous savez bien que si vous ne désignez personne, vous êtes sur la liste d'office, alors merci hein, je ne suis pas suicidaire comme vous.

La jeune fille qui lui tenait ce discours avait un visage

d'ange. Et elle ne respirait pas la méchanceté. C'était le plus douloureux. Ces gens ne se vengeaient pas, ils n'avaient pas l'air en colère ou méchant.

– Alors c'est ça que vous voulez inculquer à vos enfants ? Le droit de tuer au hasard ?

– Ce n'est pas vraiment au hasard. Non, je dirais plutôt que c'est un devoir pour rendre la société plus sûre, plus saine et plus sereine.

À quel moment avaient-ils perdu le fil, collectivement ? Il cherchait un moment clef, un moment charnière, mais il savait bien au fond que ce n'était que l'accumulation de petits renoncements, de petites lâchetés, de petits abandons. Il n'y avait pas un grand méchant ni un grand moment. Justes pleins de petits moments de petites gens mis bout à bout.

Il prit toute la foule en photo avec son implant et les ajouta sur sa liste. La foule s'en rendit compte et devint hargneuse, agressive.

C'était peut-être le seul moyen de les souder : leur offrir un ennemi commun. Mais à quoi cela servait-il ?

À rien.

Il allait mourir le 7 janvier, jour de l'exécution des 50 000 listés.

Et pas moyen de s'échapper. Tous les pays pratiquaient la même politique.

Ou alors il pourrait tuer des gens. Physiquement. Comment par le passé.

Oui, ce serait marrant.

Instiller la peur chez les autres.

Il avait 6 mois pour réfléchir à sa vengeance. Et en 6 mois, lorsque l'on n'a rien à perdre, on peut en faire des choses. On peut en changer des mondes.

L'empathie à tout prix

Personne n'avait apprécié la proposition du sénateur Roscovitch. Le sénateur Cogan avait quitté la salle dans l'instant. Les autres avaient ri. Non, décidément, personne n'était emballé. Roscovitch était pourtant convaincu qu'il tenait le seul moyen de sauver l'humanité.

Depuis 50 ans, les guerres avaient succédé aux guerres. La défaite de l'état islamique ou la victoire de Trump n'avaient rien arrangé. De multiples incidents, conflits, attentats, massacres surgissaient perpétuellement. Parallèlement, la terre avait continué à devenir plus petite et les gouvernements internationaux à grandir. Malgré tout.

Cinquante ans plus tard, la paix n'était plus qu'un lointain souvenir. La terre était gouvernée par un conglomérat d'entreprises, d'intérêts privés et de quelques représentants de l'état, enfin de ce qu'il en restait : les Mille. Mille sénateurs et sénatrices.

Les Mille incarnaient des millions, des milliards

d'intérêts personnels. Chacun faisait partie d'une corporation, d'un petit groupe, d'une petite communauté et personne ne cherchait à sortir de son groupe. La jalousie, la rancœur, la haine de l'autre avaient grandi naturellement.

Mais, au bord du gouffre, le sénateur Roscovitch pensait tenir la solution. Il avait hurlé à la tribune :

« L'empathie, il nous faut développer l'empathie chez nos sœurs et nos frères humains ».

Ce type de discours risquait peu de prendre chez des hommes et des femmes qui se complaisaient dans un monde où une poignée, dont ils faisaient partie, possédait tout, tandis que le reliquat, soit quelques milliards d'humains, se déchirait pour les restes.

Malgré l'humiliation première, la promesse de l'échec, Roscovitch avait consacré toute sa vie à faire accepter sa proposition.

Son grand œuvre, sa volonté de réunir ses frères humains dans l'empathie était restée lettre morte. Eut-elle progressé d'un iota que ce fut Roscovitch que l'on eut retrouvé mort.

Mais aujourd'hui, son disciple, Evgueni Sandero, qui avait observé les échecs de Roscovitch était bien décidé à obtenir des résultats. La manière douce, la persuasion avaient échoué. Restait la manière forte.

La proposition de Roscovtich était saine et censée. Il ne voulait pas créer des églises d'empathie ou autres bondieuseries de ce genre. Non, il avait constaté, sans aucun doute, que partout, tout le temps et chez tout le monde, la source de tous les problèmes venait de l'incapacité d'un être humain à se mettre à la place d'un autre. Mais dès lors que vous pouviez déclencher l'empathie chez quelqu'un, il ne pouvait plus rire de l'autre, plus tourner la tête.

Et pour Roscovitch, tous les problèmes de l'humanité venaient de là. Tous. Il n'y avait plus besoin de gouvernements si les humains faisaient preuve d'empathie les uns envers les autres.

Au fond de lui, Roscovitch, survivant d'une époque révolue, savait bien que les gouvernements n'avaient fait que surfer sur les plus bas instincts des humains, les développant, en jouant, s'en nourrissant. Il avait hérité son siège de son père et était né avec des capacités d'empathie presque infinies. Mais il restait une exception, une survivance d'un monde oublié.

Son constat, qui ne souffrait aucune exception selon lui, était limpide : si vous forciez un humain à vivre dans les chaussures d'un autre, ne serait-ce que quelques jours, il en garderait toute sa vie de l'empathie pour les problèmes qu'il avait vécus dans ces chaussures. Et l'empathie étant comme un muscle, il suffisait de donner l'impulsion nécessaire pour qu'elle embrase le monde. Mais cette étincelle devait apparaitre dans un système conçu pour que l'empathie ne triomphe jamais.

Jusqu'à cette invention magnifique. Les 9 milliards d'êtres humains, à quelques exceptions, étaient tous connectés au cloud mondial. Plus précisément, ils y étaient stockés. Cela faisait longtemps que l'on savait transférer le cerveau d'un humain dans le corps d'un autre. Cela arrivait régulièrement lorsqu'un riche avait besoin d'un corps sain, moins dans l'autre sens. Cela posait d'innombrables problèmes, mais enfin c'était possible.

La proposition de Roscovitch était superbe de simplicité : forçons les changements. Une fois par mois, chacun passerait une journée dans les bottes d'un autre. Un patron deviendrait ouvrier, un ouvrier deviendrait un cancéreux, un cancéreux serait à la place d'un dépressif, un homme serait femme, le blanc vivrait noir, etc. Le sénateur avait planifié qu'au bout de 6 mois, la médiocrité, la jalousie auraient disparu. Dans le pire des cas, elles atteindraient des niveaux négligeables et indolores pour le monde. Il aurait aimé changer la société à la base, favoriser naturellement les rencontres, les échanges, mais la terre était à feu et à sang. Il n'y avait plus de temps. Et il devait, pour triompher, convaincre ses collègues dont toutes et tous, en politiques professionnels, possédaient autant d'empathie qu'un psychopathe.

Et Evgueni n'avait cessé de le rappeler à son patron : « Ils laissent la planète mourir, ils entretiennent cette misère, ils vivent dessus. Comment pouvez-vous les convaincre » ? Roscovitch s'entêtait, mais lorsqu'il mourut après des années d'échec, Evgueni changea de braquet. Une journée ne suffisait pas. Ces élites devraient cohabiter un mois avec le vrai monde, pas une journée. Un mois pour ce sénateur dans les pieds d'un ouvrier, tentant de survivre au fin fond d'une mine, même robotisée. Un mois pour une PDG à se nourrir avec 15 eurodollars. Un mois pour ce raciste dans la peau d'un noir dans un fief du KKK. Mais comment forcer les Mille ? À la moindre alerte, Evgueni finirait dans un camp de déconcentration.

Alors Evgueni cherchait un moyen d'accéder à leur cerveau protégé par des systèmes de sécurité quasi inviolables. Mais Evgueni était bien placé pour le savoir

: rien, jamais, n'était totalement protégé. Il tenait une piste. Il pouvait peut-être prendre la main sur ce petit millier d'hommes et de femmes politiques.

Et après ? Qui pouvait vivre un mois la vie d'un misérable et en ressortir sans empathie ? Personne. Pas même ces monstres aux commandes. Au bout d'un mois, le problème serait réglé. Impossible autrement.

Evgueni passa les 6 mois qui suivirent à accéder aux cerveaux, aux « moi » des Mille. Il touchait au but, mais il subsistait un problème, de taille : que faire pendant ce mois ? S'il envoyait tout ce petit monde à la mine, le pouvoir serait vacant. Avec un risque réel de révolution. Les puissants avaient beau vivre dans des tours gigantesques, quasiment inaccessibles pour le commun des mortels, l'histoire avait prouvé qu'aucune forteresse n'était totalement inexpugnable. Evgueni chercha encore. Et trouva la solution : les Mille devraient l'élire pour un mois, président. Bien sûr, ils n'accepteraient jamais. Mais, avec son expérience, ses connaissances et l'accès à leurs cerveaux, tout était possible.

Lors d'une session spéciale, Evgueni soumit au vote une motion extraordinaire pour lui donner les clefs du monde pendant 30 jours. À la surprise générale, la motion fut adoptée à l'unanimité. Personne n'en revenait et personne ne comprenait vraiment comment, ni pourquoi, il ou elle avait voté pour. Evgueni attendit la promulgation, 3 jours plus tard, et dès que la nouvelle fut rendue publique, il lança son grand oeuvre. Les Mille se retrouvèrent dans la peau de routiers, chômeurs, malades, nécessiteux ou simples travailleurs. À l'inverse, les corps des sénateurs furent occupés par les esprits de ces nécessiteux, routiers, chômeurs ou simples travailleurs qui ne comprenaient pas trop ce qui leur arrivait.

Evgueni venait de changer le destin de l'humanité, il en était persuadé. Par un tour de passe-passe aussi improbable que grandiose, aussi naïf qu'humaniste. Pour le meilleur. Pour le bien. Le premier jour, il vécut sur un nuage. Mais il devait s'occuper de tous ces nouveaux venus, ces « Importés ». Ils déambulaient tels des zombies. Evgueni avait prévu une session d'explication, mais elle ajouta de la confusion. Lorsqu'ils comprirent qu'ils allaient vivre pendant un mois parmi les maitres du monde, les réactions furent variées, mais toutes et tous voulaient voir leur famille, leurs amis, s'assurer qu'ils allaient bien. Qu'allaient penser leurs proches restés là-bas, quand ils verraient arriver un type ou une femme désagréable, habitué à commander, incapable de faire cuire du pain, de réparer une table ou de goudronner une route ?

Evgueni n'avait pas envisagé les choses sous cet angle. Il dut reconnaitre que cela pourrait s'avérer problématique. Qu'à cela ne tienne :

– J'ai les noms, les adresses de chacun d'entre vous, je ferai surveiller vos familles et en cas de problème, nous subviendrons à leurs besoins.

Ainsi Evgueni finit le premier jour dans le même état d'euphorie. Avant de se coucher, il sonda les cerveaux des « sénateurs ». La panique primait sur tout le reste, mais demain était un autre jour.

Evgueni prit un petit déjeuner copieux. Il avait une faim de loup. La garde présidentielle lui soumit les ordres en attente qu'il consulta négligemment. Tout cela pouvait attendre. Le monde, aussi chaotique soit-il pour l'écrasante majorité, pouvait continuer à tourner de manière à peu près autonome. Il ne se sentait pas de changer quoi que ce soit. De ce point de vue, il n'était pas un homme politique ou un dirigeant.

La deuxième journée se déroula dans la même ambiance que la première, un peu plus reposante peut-être, et dès le troisième jour, les « Importés » avaient pris leur parti de la situation et cherchaient à profiter au maximum de leurs nouvelles conditions de vie.

Evgueni constata que de l'autre côté, la panique avait été remplacée par la colère puis le pragmatisme. Sur les 1000 exclus, 950 avaient tenté de regagner la tour d'où ils avaient été refoulés. Dès le cinquième jour, la plupart cherchaient à s'adapter à leur nouvelle vie. Avec certainement l'idée de s'enfuir plus tard, de trouver un autre moyen, mais dans le feu de l'action, ils devaient travailler, survivre.

Evgueni lui, entre les « Importés » et les déportés, passait des journées de rêve. Le monde allait changer, les sénateurs, de retour, changeraient ce monde. Et les importés auraient eu un acompte sur le bonheur à venir.

De temps en temps, il réglait des affaires courantes, tentait de comprendre un peu l'état du monde, les rapports de pouvoir. Il était surpris de constater à quel point on faisait peu appel à lui. Le monde fonctionnait de manière autonome.

Au quinzième jour, Evgueni, toujours satisfait des réactions des sénateurs à l'extérieur, commençait à se demander ce que changerait leur retour. Il avait signé 15 lettres en 15 jours. Des banalités. Si ce qu'il vivait était représentatif, les sénateurs n'avaient strictement aucun pouvoir. Ils pouvaient bien revenir empathiques jusqu'au bout des ongles, cela ne changerait rien.

Comment avait-il pu rater cela ? Parce que son mentor travaillait 16 heures par jour, montait des commissions, harcelait les dirigeants, il avait déduit que tous les autres étaient des brutes de travail. Mais la vérité qui apparaissait était tout autre : ces sénateurs ne faisaient rien.

Ils allaient revenir changés, mais que feraient-ils de ce changement ? À ce stade, Evgueni se dit qu'ils allaient simplement culpabiliser en continuant à profiter de leurs richesses.

Sa prétendue lucidité ne lui avait servi à rien. Le centre du pouvoir était ailleurs. Il le savait. Plutôt non, il pensait qu'il était partagé entre deux pôles : politiques et financier. Mais visiblement seule la finance dirigeait.

Qu'à cela ne tienne, il pouvait répéter son opération avec des membres de la finance.

Mais lesquels ? Ils ne siégeaient pas en assemblées. S'ils faisaient partie d'un club, Evgueni ne le connaissait pas. Il se fit apporter la liste des plus grandes fortunes. Et répéta l'opération. Sur quelques dizaines de milliers de personnes. Sans état d'âme.

Quinze jours plus tard, les Mille et ceux qu'Evgueni surnommait « Les Dix Mille », financiers, grands patrons, milliardaires, erraient dans le monde du dehors. Evgueni observait leur progrès. Plutôt, il attendait leur progrès. Mais rien ne venait. Après la colère et l'abattement, puis une forme de résignation, venait la haine. Ils haïssaient tous ces pauvres qu'ils devaient côtoyer. À quelques exceptions, ils étaient totalement incapables d'empathie. Ils ourdissaient des complots pour prendre le pouvoir dans les villages, manipulaient, mentaient, trichaient pour profiter de ses gens partout où ils le pouvaient.

Evgueni n'en croyait pas ses yeux. Ils pouvaient bien les laisser un mois, un an, une vie, ces gens ne changeraient jamais.

Il repensa à cette étude qui tendait à prouver que seuls les psychopathes pouvaient atteindre des hautes responsabilités dans ce monde corrompu. Dont acte. Inculquer l'empathie à un psychopathe revient à apprendre à jongler à un manchot.

Il fallait trouver une autre solution. Une solution qui avait pris forme dans son esprit pendant ce test raté.

N'était-il pas le mieux placé pour mener à bien ces changements ? N'était-il pas le plus sincère, le plus volontaire ?

Il changerait le monde tout seul puisque ses représentants et ses gouvernants ne le voulaient pas.

Mais que faire des « Importés » ? Ils le gênaient, posaient trop de questions. Evgueni réfléchissait au moyen le plus simple de circonvenir cette difficulté et n'en voyait qu'un : envoyer ces « Importés » dans des camps de déconcentration. Temporairement.

Au royaume des aveugles

– Je fais quoi maintenant ? Je vais où ? Monsieur !

Il va pas me répondre ce con. Il est bourré ou quoi ?

– Monsieur, je suis dans la rue, j'aurais besoin d'aide. Vous êtes censé me guider.

C'est bien ma veine, chaque fois, mais chaque putain de fois, je tombe sur un cassos.

– Monsieur, bêtement, je n'ai pas pris ma canne connectée, donc si vous ne me guidez plus, je, je ne vais pas pouvoir aller à mon rendez-vous.

Rien. Il est parti.

– Je vais avoir du mal à rentrer chez moi. Monsieur !

– Hein, quoi ? Excusez-moi, je, je suis avec des potes là, je bois un coup alors, enfin vous voyez ce que je veux dire.

Si on m'avait filé un crédit à chaque trou de balle qui avait utilisé des expressions du style « Vous voyez », j'aurais pu me payer un guide à plein temps.

« Avec le progrès, être aveugle ne sera plus un problème » qu'ils disaient. « Vous verrez » qu'ils ajoutaient. Progrès mon cul ! Tout ce que j'ai vu, c'est qu'ils ont coupé les crédits pour les aveugles. Oui, je dis aveugle et je les emmerde avec leur novlangue. Malvoyant, malvoyant ça veut dire quoi : que je vois mal ? Allez vous faire foutre, je ne vois ni bien, ni mal, je ne vois pas. Comme tous les aveugles.

Le progrès, qu'ils disaient. Techniquement, tous les aveugles devaient revoir dans les 20 ans. C'était il y a 30 ans. Et c'est vrai que tous les aveugles milliardaires sont redevenus voyants. Œil bionique, puce dans le cerveau pour la coordination, programme de rééducation. Ça fonctionne. Pour les autres. Pour les glandus comme ma gueule, le progrès a pris une drôle de couleur. Déjà qu'il y avait zéro boulot pour les voyants alors les aveugles, à part faire la queue pour quémander un peu d'aide, il ne leur restait pas grand-chose. Oh ! bien sûr avec la technologie, internet, les robots, certains aveugles plus brillants ont réussi à s'en sortir. Mais, dites les gars, les filles là-haut, les aveugles sont comme les autres : une écrasante majorité de gens normaux. Ni très brillants, ni très cons, ni très travailleurs, ni très feignants, ni supérieurement intelligents, ni inférieurement stupides. Et pour ces gens normaux, ces aveugles lambda, rien n'a changé.

Je vivotais dans un studio, enfin une cage à lapin, dans le nord. Et je m'estimais chanceux d'avoir un toit.

Chanceux et aveugle. Mais c'était de famille ça. Une

maladie. Pas génétique, psychologique. Mon père, déjà, s'était crevé les yeux. Quand ma mère l'a découvert, elle a un peu vrillé et n'a rien trouvé de mieux que de crever les miens. J'avais 6 ans, j'adorais lire. Mon père adorait écrire, j'adorais lire jusqu'à ce que, jusqu'à ce que ce ne soit plus possible. Je vous assure, apprendre le braille à 6 ans, c'est pas pareil que dévorer un bouquin de Jules Verne avec les yeux.

Toujours est-il que je vivais dans ce monde de merde, un monde sauvé par la technologie, mais totalement plombé par le manque d'empathie.

Pour pallier son renoncement, l'état avait favorisé des applications privées qui se gavaient de pognon sur le dos des petites gens. Plus de programme national pour les aveugles, mais une myriade de petites applis qui exploitaient des utilisateurs bénévoles.

Une appli, "See For Me", permettait à un aveugle comme moi de se faire guider par un voyant. Tu portais une webcam sur ta casquette ou tes lunettes et le voyant pouvait te piloter à distance. "Tourne à droite, prends à gauche".

L'idée sentait le génie. Non, l'idée aurait été géniale dans un monde empathique.

Dans ce monde de merde, les personnes sincèrement désireuses de nous venir en aide, probablement devenues ermites pour survivre, avaient petit à petit laissé place à des gens qui voulaient s'amuser, se moquer des autres.

On était sur du 50/50, et le service devenait inutilisable. Mais là, j'en avais vraiment besoin alors comme un con, je m'étais encore laissé abuser.

– Écoutez, c'est important que je sois à l'heure à mon rendez-vous. Ils viennent de me convoquer et si je ne suis pas chez eux dans une heure, ils vont me couper mes allocs. Vous savez comment ça marche aujourd'hui non ?

– Ah, bah à qui le dites-vous ! si vous ne faites pas partie des 53, vous n'êtes plus rien.

– 53 ? Ils sont 53 maintenant ? Avant c'était plus non ?

– Oui, mais c'était avant.

– OK. Bon alors je vais où là ?

– Dans ton cul.

– Pardon ?

– Non, excusez-moi, j'ai pas pu résister ahahah.

Cette blague était ringarde depuis au moins 20 ans, pour peu qu'elle ait jamais été drôle.

– Super. Je fais quoi là ?

– Là, vous attendez sur un trottoir.

– Putain, je ne vous demande pas ce que je fais maintenant, mais ce que je dois faire pour être à l'heure à mon rendez-vous !

– Dites, je suis là pour vous aider moi, pas pour me faire engueuler. Vous n'êtes pas précis dans vos formulations, j'y peux rien.

Voilà le monde dans lequel je vivais. Même ceux ou celles qui rendaient service, le faisaient pour gagner quelque chose. Ils se faisaient marcher sur la gueule toute la journée, alors si le soir ou le week-end, ils pouvaient se défouler sur un plus faible, ça leur permettait de tenir une semaine de plus.

– Bien, alors pouvez-vous m'indiquer où je suis ET où je dois aller ?

– Oui, je le peux.

En plus d'être méchant et con, ce type avait l'humour le plus pourri de la planète. Je ne dis rien, espérant qu'il se reprendrait de lui-même. Effectivement.

– Attendez, je rebois un coup et je suis à vous. Alors, tournez-vous sur votre droite et marchez. Tranquillement, sur 500 mètres à vue de nez.

Dans ma panique, j'avais oublié ma canne. Vous allez me dire « Un aveugle qui oublie sa canne pour se faire guider par un connard alcoolique, faut pas s'étonner ». Vous avez raison, mais n'oubliez pas : à 14h12, je reçois un appel des services sociaux. À 14h15, je comprends que si je ne suis pas, physiquement, dans leurs bureaux avant 16h00, ils me coupent les vivres. À 14h18, j'ai une personne sur « See For Me», sympathique, prévenante. À 14h20, je suis en bas de chez moi, prêt à marcher les 45 minutes nécessaires. À 14h35, lorsque je suis assez perdu, ce connard se met à changer de tactique. Ils font souvent ça. Sympa au début pour qu'on ne se doute de rien et puis...

Bref, j'ai merdé, mais je n'ai plus le choix. Je pourrais changer d'interlocuteur, mais il faut payer l'appli. Et je n'ai plus de crédit. Je réalise à cet instant à quel point ma vie est devenue pathétique. À quel point j'ai peu ou pas de porte de sortie. Sauf le suicide, mais, mais non, je garde ça sous le coude. J'ai encore une vie à vivre. Je n'ai que 26 ans.

– Voilà, allez-y, attention, faites un écart à gauche

maintenant.

– Vous êtes sérieux ?

– Quoi ?

– Vous venez vraiment de me faire marcher dans une merde de chien ?

– J'ai dit à gauche ? Excusez-moi, je voulais dire à droite.

Je suis aveugle pas anosmique, bien au contraire. Je vais sentir ce truc toute la journée. Mais aucune loi n'interdit de venir régler son dossier d'allocations sans puer la merde. Au contraire, ça les gonflera. Pas plus mal. Si je ne prends pas la vie du bon côté, ça va se compliquer.

– Et maintenant ?

– Dans quelques secondes, je vais vous demander de tourner à droite.

Pourquoi est-ce que je m'inflige cela ? Faire confiance à ce point à un inconnu, c'est tellement anxiogène. Tellement. Surtout quand l'inconnu a déjà fait preuve de sa bêtise.

– Top.

Je tourne et me prends un mur en pleine gueule.

– Les gars, resservez-moi un verre, je viens de marquer 5 points, ahahaha !

– T'as pas coupé le micro Ethan.

– Ah ! merde. Pas grave. Excusez-moi monsieur.

– Mais non, je ne vous excuse pas putain ! Pourquoi vous faites ça, pourquoi ? Vous trouvez qu'on n'a pas assez d'emmerdes ? Qu'il faut qu'on se tire dans les pattes au lieu de s'aider !

Je suis parti pour tout balancer, ça pourrait durer des heures, mais le mec me coupe.

— Et vous avez quoi à proposer vous ? À part m'apprendre à lire le braille dont je n'ai rien à foutre ? Allez-y, expliquez-moi.

— Je suis aveugle, pas complètement con. Je peux faire plein de choses, je peux aider dans plein de domaines.

— Ouais, mais si je ne vous indique pas le chemin, vous marchez de merde en merde en vous prenant les murs. Alors gardez votre proposition. On continue ?

Il faut avoir vécu ce genre d'humiliation pour comprendre le sentiment qu'elle crée. L'impuissance dans laquelle je me retrouve me rend fou. Parce que je sais que c'est injuste, que c'est méchant et aussi, peut-être surtout parce que ça se joue à tellement peu de choses. Je ne suis pas inutile, je ne suis pas bon à rien, j'ai juste eu la malchance de tomber sur un con, d'oublier ma canne et je me retrouve démuni, totalement démuni. Ce n'est pas comme si c'était mon état naturel.

Mais il me reste une heure, à peine. Alors je dois ravaler ma colère, ma hargne. Si j'avais quelques crédits, je pourrais prendre un taxi ou une voiture autonome, mais je n'ai rien.

— On continue.

— Bien. Vous avancez de trois pas et vous prenez à droite.

Je tourne. Pas de mur. J'avance. Il me pilote pendant quelques minutes. Une dizaine peut-être. Sans mauvaise surprise. Mais il a repris un verre et encore un autre.

– Oh, les gars, je commence à plus voir clair, ahahaha. Hey, hey, monsieur, faudrait que vous tanguiez en marchant. Si vous tanguiez, comme je tangue aussi, ça s'annulerait peut-être.

– Mais c'est ridicule. C'est...

– Vous voulez arriver à l'heure ?

Alors je marche en tanguant. Je tangue, de droite à gauche, de gauche à droite, je tangue à l'extérieur, je tangue à l'intérieur. Combien de temps avant d'arriver à mon rendez-vous ?

– Non, mais finalement c'est pire, faudrait que vous tanguiez en avant puis en arrière. Oui, ce serait bien.

Alors je bascule en avant, en arrière.

– Dix points les gars, dix points.

J'entends des voix derrière « Allez, à moi. »

– Monsieur, vous pouvez courir ? Oui, faut courir hein allez.

Courir, pour un aveugle est une expérience compliquée. En confiance, les sensations sont décuplées, c'est incroyablement agréable. Quand la confiance est là, car autrement, le plaisir devient supplice. Je ne peux pas courir guidé par ces abrutis. Je voudrais négocier, mais je connais déjà leur réponse. Alors je me mets à courir. Autant pour les fuir que pour en finir.

Pendant les 15 minutes qui suivent, je cours et me cognent dans une dizaine de personnes, je tombe deux fois, me prend trois murs. Mais je dois atteindre mon bureau de gestion du chômage. Alors je ne dis rien. Je cours, je serre les poings, je ravale ma haine, mon amertume.

– Et voilà monsieur, on est arrivé. Il est 16h35, vous êtes à l'heure. Qu'est-ce qu'on dit ?

– Allez bien vous faire enculer bande de salopards.

Je demande à une personne de me montrer la porte du bureau du chômage.

– C'est pas très poli, entends-je.

Mais je m'en fous. Je ne leur dois rien.

J'entre dans le bureau et j'entends à nouveau :

– Pas poli du tout.

Mais le son ne vient plus de mes écouteurs. Il vient de la pièce où je me trouve.

– On donne des coups de main, enfin des coups d'yeux, et c'est comme ça que vous nous remerciez ?

Le connard se trouve à deux mètres de moi maximum. Je me tourne, cherche à courir et hurler en même temps. Je me cogne dans une porte. Piégé. Comme un rat. La voix reprend :

– Détends-toi, tous tes problèmes de thunes viennent de disparaître.

Comment ai-je pu me faire avoir ? Je croyais à des abrutis.

– On est obligé de jouer aux gros cons bourrés. On vit dans un monde tellement pourri que si on file un coup de main, comme ça, pour aider, les gens se méfient. Tu te rends compte ?

Et mon putain de GPS qui n'a rien vu. Piraté.

— Tu sais que les aveugles, ça court plus les rues ? Si je puis dire. Tu me croiras si tu veux, mais y a tout un tas de gens que ça excite vachement. D'avoir un aveugle à leur botte. Enfin, j'te dévoile pas la fin du film, tu la connaîtras bien assez tôt, vu que t'es l'acteur principal.

Tu ne verras point

Ethis et Mechis se promenaient dans Paris, flânaient. Dans un monde où l'on roulait, volait, glissait, ils aimaient marcher, musarder.

– Ethis, prenons place des Vosges.

Et ils pénétrèrent sur l'aire majestueuse. Ethis venait d'activer sa vision sur le mode « culture » et Mechis sur « architecture ». Ethis observait avec avidité et les greffes rétiniennes connectées lui permettaient de voir en réalité augmentée tous les éléments de la place : la statue de Louis XIII sculptée par Jean-Pierre Cortot, la maison de Victor Hugo. Où qu'il tournât la tête, des informations s'affichaient : texte, image et parfois vidéo, ce qui s'avérait perturbant lorsque l'on discutait avec un ami.

Mechis, féru de bâtiments, contemplait des lignes de fuites, des quantités, densités, ossatures à travers ses lunettes.

Ils arpentèrent la place puis se regardèrent et Ethis commenta :

– C'est pas mal quand même. Quand tu songes à la somme d'informations, de connaissances qu'on absorbe. Je trouve que ça enrichit ces balades.

– Oui. Quand je serai un grand architecte, je le devrai certainement en partie à ces promenades. Continuons sur la Bastille, proposa Mechis.

Ils quittèrent la place par la rue du Pas de la mule. Ils traversèrent et rejoignirent la Bastille par le Boulevard Beaumarchais. Devant une boutique de thé, une femme d'une beauté confondante fumait une cigarette. Ethis et Mechis la dévisagèrent, avec discrétion croyaient-ils. Elle parut ne s'apercevoir de rien, leur sourit naturellement. Ethis, n'y tenant plus, finit par se retourner. Mechis avait déjà fait remarquer à son ami que ce comportement manquait de classe. Il était au mieux grossier, au pire insultant, surtout lorsqu'il y avait des piétons. Cela livrait en pâture la femme aux autres. Ethis acquiesçait, mais trouvait presque toujours une excuse :

– Oui, mais je devais voir son cul.

Ou

– Mais regarde ces seins. J'en aurais pleuré.

Mechis prenait sur lui par correction, mais chaque fois, la curiosité le rongeait.

Ce jour, lorsqu'Ethis se retourna, Mechis comme à son habitude se redressa, observant au loin comme pour se désolidariser physiquement de son camarade.

Ethis, impatient, se délectant par avance, tourna la tête et fixa instantanément son postérieur. Et ne vit rien.

Ou plutôt, il crut à une hallucination. À la place des

fesses de la femme, il avait sous les yeux une pancarte, un panneau « Observez le postérieur de femmes inconnues dans la rue est grossier, merci de regarder ailleurs ».

Ethis n'en croyait pas ses yeux. Il demanda à Mechis de regarder.

– S'il te plait, retourne-toi !

– Je t'ai déjà expliqué, commença Mechis.

– Non, je t'assure que ce n'est pas ça. Enfin pas exactement. S'il te plait, regarde et dis-moi ce que tu vois.

Mechis, peu convaincu, accepta néanmoins de se retourner tant son ami paraissait secoué. Lorsqu'il fit, en quelque sorte, le point pour regarder les fesses de la femme, au lieu de son postérieur il vit :

« Observer le postérieur des femmes inconnues dans la rue est grossier, merci de regarder ailleurs ».

Il fixa Ethis.

– Qu'est-ce que c'est que ça ?

Cela confirmait ce qu'Ethis venait d'apercevoir. C'était inquiétant, car réel, mais rassurant, car cela prouvait qu'il n'était pas fou.

– Ah, tu as vu aussi.

Ils avaient lu la même chose. Mais était-ce sur le pantalon de la femme ou cela venait-il de la réalité augmentée ? Ils rebroussèrent chemin et la conclusion s'imposa : elle n'avait rien sur ses habits, la pancarte était apparue à eux de même que la date de construction de la maison de Victor Hugo. En surimpression sur la réalité.

– Ils peuvent faire ça ? demanda Ethis.

Mechis fut bien incapable de répondre.

Chamboulés, ne prêtant plus attention au paysage, ils continuèrent à marcher. Alors qu'une autre femme arrivait en face d'eux, arborant un décolleté pigeonnant, Ethis contempla, machinalement, la poitrine. Il songeait toujours à l'expérience particulière qu'il venait de vivre. Au bout de 2 secondes, un panneau couvrit les seins de la passante : « Fixer longuement un décolleté dénote un manque de respect. Veuillez tourner la tête ».

Ethis sortit de sa rêverie, fixa Mechis qui ne comprit pas.

– Le message, il est revenu. J'ai, je regardais la femme, et au bout de quelques secondes le message est apparu.

– Le même ? s'enquit Mechis.

– Non, non, mais le même esprit.

Ils se connectèrent instinctivement sur la toile, cherchèrent sur Facebook des preuves qu'ils n'étaient pas les seuls. Ils n'étaient pas les seuls. Loin de là. Les exemples affluaient, mais alors qu'ils tentaient de témoigner, leur connexion fut coupée.

– Qu'est-ce qui se passe ? demanda Ethis.

– Je ne comprends plus rien, répondit Mechis.

Incapables de se connecter, leur niveau d'inquiétude grimpa d'un cran. Depuis le temps qu'ils souhaitaient se désintoxiquer de ce réseau qu'ils portaient en eux, ils décidèrent d'en profiter. Ils s'arrêtèrent dans un café sur la place de la Bastille, prirent un verre au comptoir.

Dans le bar, le sujet de conversation tournait autour des mêmes évènements.

Un des clients commentait :

– Quelle belle bande d'enc...

Et il ne put finir sa phrase. La surprise, l'incompréhension se lurent sur son visage avant de faire place à la colère.

– Je n'y crois pas, les ord... Non, mais, c'est pas vrai ! Je peux pas dire ce que je veux, c'est ça ?

Ethis, croyant comprendre ce qui se tramait, voulut essayer :

– Tu veux dire que ces messages sont la faute des enc...

Et il entendit dans sa tête une voix féminine lui dire « Vous allez prononcer une insanité dans un lieu public. Merci de vous restreindre ». Son visage prit la même expression que celle du client. Mechis tenta une autre approche :

– Vous voulez dire que ce serait la faute du gouvernement si ne nous pouvons pas tout dire ?

Il avait prononcé la fin de la phrase sans y croire, plus vraiment intéressé par son sens, juste surpris d'avoir pu aller au bout.

– Alors, ils ne nous empêchent pas de dire du mal d'eux, mais de dire des gros mots en public. C'est hallucinant.

Dans les heures qui suivirent, ils tentèrent de comprendre l'incompréhensible. C'était pourtant très simple. Faccbook venait de faire une nouvelle mise à jour, comme tous les jeudis depuis... depuis aussi longtemps que se souvenaient Ethis et Mechis. Cette version touchait à tout et instillait de nouveaux codes de conduite. Les conditions utilisateurs avaient encore été modifiées.

Mechis fit remarquer qu'il suffisait de se déconnecter et ils pourraient continuer à vivre normalement.

Ethis l'observa :

– Comment veux-tu vivre normalement sans réseau ?

Mechis ne répondit pas, conscient de l'inanité de sa remarque. Vivre sans réseau, c'était se condamner à une mort certaine. L'eau, la nourriture, l'électricité, la banque, tout était contrôlé par un lien réseau. Même les clochards devaient être connectés pour espérer obtenir quelques crédits. Couper le réseau d'un être humain, c'était l'exclure de l'humanité et, très concrètement, le condamner à mort.

Mais Mechis voulut affiner sa proposition.

– Pas le couper tout le temps. OK, ça c'est stupide, mais juste de temps en temps.

– De temps en temps comment ? 12 heures par jour ou 10 secondes par-ci, par-là ?

– Eh bien, on pourrait très bien se déconnecter quand on veut dire des choses horribles ou faire des trucs interdits par Facebook.

Ils recommandèrent deux pintes. Alors qu'ils attaquaient leurs boissons, chacun entendit « Vous avez dépassé la dose recommandée par l'OMS. Boire est dangereux pour la santé ».

Ils reposèrent de concert leur bière. La tentation de se débrancher était énorme, pourtant, ils se retenaient. Ils avaient peur de la déconnexion, même s'ils étaient parmi les moins connectés de leur entourage. Et ils avaient envie de voir jusqu'où iraient ces messages.

Ils n'eurent pas à attendre longtemps. Quand ils reportèrent la bière à leur bouche, ils entendirent, toujours par les implants au niveau de leurs tympans :

« Au-delà de 3 bières de 25 cl, l'abus d'alcool est dangereux pour la santé. Mais la bière Buckler est sans alcool et vous permettra de continuer à profiter d'une boisson légère, fruitée et saine ».

Ethis posa son verre de surprise et regarda Mechis pour y lire la même incrédulité.

– Tu as entendu la pub pour Buckler ? demande Ethis.

– Ah non, moi c'était pour Heineken.

– C'est la première fois ?

– Oui.

– Ils ont le droit ?

– Faut croire.

– On a été con, non ?

– Oui.

Oui, Ethis, Mechis et la plupart des gens sur terre avaient été un peu naïfs. Lorsque Facebook avait financé les implants auditifs, visuels et les capteurs annexes pour « monitorer votre corps, augmenter votre bien-être et vous faire vivre plus longtemps », de nombreux commentateurs avaient alerté sur les risques sous-jacents. Les capteurs oculaires pouvaient, dans une certaine mesure, désactiver le nerf optique et rendre aveugle une personne. C'était pour le moment interdit, mais qu'arriverait-il si Facebook décidait qu'il fallait visualiser 3 publicités pour accéder à sa vision ?

Ethis n'en revenait pas d'avoir accepté.

— Pourtant on le savait, constata Mechis.

— Non, non on ne le savait pas.

— Arrête, tout était sous nos yeux. C'était une évidence. Le risque en tous cas était là. Et nous l'avons pris. Pourquoi ? Pour rester connecté ?

— Non, rappelle-toi. La première fois, c'était pour être plus proches de nos amis.

C'était vrai. La première application de ces implants permettait de vivre, à distance, le même moment : match de foot, concerts ou simple fête de famille. Petit à petit, même les réfractaires avaient fini par se laisser convaincre : l'anniversaire du petit dernier alors que l'on est bloqué à l'autre bout du monde, le décès de la grand-mère ou un concert trop cher, tout le monde avait cédé. Petit à petit.

— Qu'est-ce qu'on peut faire ? insista Mechis.

— Aucune idée.

— Est-ce que c'est si grave ?

— Mais, mais tu te rends compte ? Ils prennent le contrôle de notre vie. Ils nous manipulent. Si demain ils décident, je ne sais pas moi, qu'on doit tous dormir 12 heures par jour, ou travailler 14 ou tuer ses parents ou...

— Tu exagères toujours. Pourquoi ils feraient ça ? Ça leur rapporterait quoi ?

— Mais je ne sais pas, mais...

— Ah ! tu vois.

— Mais ce n'est pas parce que tu ne vois pas de bénéfice à un truc qu'il n'y en a pas. Tu as envie de laisser un type de Facebook décider si tu as le droit de regarder le cul d'une femme ou pas ?

— Je ne regarde pas le cul des femmes avec insistance comme toi. Donc non, ça ne me gênerait pas.

— Mais le principe bordel, et le principe !

— Les guerres démarrent sur des principes, alors les principes, je laisse ça aux autres. Tant qu'on ne me force pas à faire du mal...

— Mais voilà, voilà, justement, imagine que l'on te force à me taper parce que je continuer à regarder le cul des femmes.

— Mais ça n'arrivera pas.

— Pourquoi ?

— Il leur suffit de te mettre leur panneau et c'est bon. Tu ne vois plus le cul des femmes et tout est pour le mieux.

Ethis n'en revenait pas. Même son ami, pourtant si précautionneux, était passé de l'autre côté. En ramenant la discussion à une histoire de fesses, il savait bien qu'ils passaient à côté du sujet. Et Mechis ne pouvait pas ne pas le voir. Mais c'était peut-être plus simple, moins de questions à se poser.

— Et les injures ? Ne plus avoir le droit de dire ce que tu penses. C'est tout de même incroyable.

— On se déconnectera pour sortir nos insultes et c'est tout.

Ethis, comme souvent, frustré de ne pouvoir

développer son raisonnement de manière synthétique et claire, abandonna. Il se couperait encore un peu plus du monde, mais après tout. Avait-il vraiment envie d'être relié à ce monde ? De moins en moins.

Il finit sa bière, se leva, paya mentalement en activant l'envoi de 7 crédits au bar. Il fixa son ami, navré et lui dit au revoir, sans pouvoir s'empêcher d'ajouter :

— Tu t'en mordras les doigts un jour. Nous nous en mordrons tous les doigts, mais il sera trop tard.

***

Ethis se fit ôter tous ses implants le mois suivant. Cela lui couta une fortune. De manière surprenante, lorsqu'il sortit sans ses implants, s'il vérifia bien qu'il pouvait se retourner et regarder le postérieur des femmes, il perdit cette habitude.

Retrouver sa liberté pour la gâcher avec un tel comportement lui paraissait indigne. Il faisait maintenant partie des 1%. Les 1% de la population non augmentée.

Ses amis le fuyaient, ses parents le plaignaient, ses collègues le méprisaient. Leur compagnie le fatiguait, car ils ne pouvaient plus avoir de conversations libres. Les restrictions imposées par Facebook rendaient tout tellement uniformisé qu'il avait l'impression de connaitre la suite de chaque discussion.

Il recroisa Mechis quelque temps plus tard. Ce dernier rayonnait.

— Tu t'es fait enlever les implants aussi, demande Ethis avec espoir.

— Non, mais si tu savais à quel point je suis soulagé.

– Soulagé ?

– Oui. Avec les dernières mises à jour, il y a pas mal de choses qui se sont débloquées et c'est tellement reposant.

– Reposant ?

– Oui. De ne plus avoir à choisir tout le temps. Choisir sur l'essentiel et laisser l'accessoire à d'autres. Je n'en pouvais plus de ces choix permanents.

– Heu, d'accord.

– Tiens, là, par exemple, Facebook me fait remarquer que notre taux d'alchimie qui était de 62% lorsque nous étions tous les deux connectés, est tombé à 27% depuis que tu n'as plus d'implants.

– Et alors ?

– Alors avant je me serais fait des nœuds au cerveau : « Je continue à le voir, j'arrête, est-ce que c'est de ma faute, qu'est-ce que je dois changer » ?

– Alors que là ?

– Mais là, 27% de taux d'alchimie, ce n'est la faute de personne, c'est comme ça. Nous n'avons aucun intérêt à nous voir.

Et il lui tendit la main, arborant toujours un grand sourire qui contrastait de manière radicale avec la décision qu'il venait, sinon de prendre, du moins d'accepter.

Ethis serra cette main scélérate et regarda son ami s'éloigner.

Ethis ne fut plus très sûr qu'il avait pris la bonne décision et consulta les conditions générales pour un deuxième financement des implants.

172

Le vérificateur

– C'est l'artiste qui doit primer ! Peu importe ce que fait l'homme. PEU IMPORTE !

Elyas était colère, très colère. Cette discussion le mettait hors de lui. Les choses étaient claires pourtant. Mais Fanny, pas le moins du monde perturbée, sirotait son jus de goyave au gingembre en souriant.

– Pourquoi tu souris ? éructa Elyas.

Le sourire devint rictus, le rictus mépris et Fanny reprit :

– Le 5 mars de l'année dernière à 19h43, tu as dit, je cite « Tu ne peux pas pardonner à Woody Allen d'être un pédophile. C'est hallucinant ! Hallucinant. On ne peut pas tout pardonner à un humain parce que c'est un artiste ».

Elyas oscillait entre une colère démultipliée et une lassitude insubmersible. Il aurait voulu partir, dormir peut-être, mais c'était plus fort que lui. Il devait avoir le mot de la fin.

– Tu t'en souviens ou « On t'en souvient » ? demanda-t-il.

Il utilisait cette expression bizarre pour signifier qu'il ne faisait pas confiance à son interlocutrice.

– C'est important ? Ça change ce que tu as dit ? Ça ôte les contradictions ?

Ça ne modifiait rien à ce qu'il avait dit, mais cela décalait fondamentalement le sujet du débat.

– Si tu t'en souviens, je veux bien continuer à en discuter. Argumenter contre-argumenter et te concéder la victoire le cas échéant.

Fanny, sure de son triomphe, s'apprêtait à entamer la joute, mais Elyas continua :

– Mais si ON t'en souvient, je ne veux plus rien avoir à faire avec toi !

Il fulminait. Fanny ne se laissa pas désarçonner :

– Tu dois vivre avec ton temps mon camarade. Que je me souvienne de l'énormité que tu as sortie l'année dernière où qu'on m'en souvienne ne change rien.

S'ils avaient pu, les yeux d'Elyas seraient sortis de leur orbite, de colère et de désespoir. Son amie, une de ses dernières amies, non LA dernière, ne voyait plus la différence entre se souvenir d'un moment, d'un sentiment, d'une discussion et faire appel à sa mémoire stockée dans le cloud ou dans un implant cervical. Fanny, avec qui il avait partagé tant de moments chaleureux, amusants, décevants, hilarants, cette Fanny ne savait plus lui parler sans : stocker les vidéos que ses lentilles caméras prenaient, archiver leurs conversations selon un système de mots clefs et surtout, accéder à ses archives audio, vidéo PENDANT qu'ils discutaient.

Et elle ne voyait même plus le problème.

— Je croyais t'avoir demandé de ne pas enregistrer nos conversations.

— J'ai désactivé la vidéo, je sais que ça t'énerve.

— Vidéo, audio, texte, ce qui me fout hors de moi, c'est le principe !

— Tu as dit le 25 avril 20…

— Je me fous de ce que j'ai dit il y a un an, 10 ans ou 50 ! Je m'en fous. Mais j'accepterais d'en discuter si tu t'en souvenais. Si ça t'avait marqué. Pas parce que tu as tagué une conversation avec « principe ».

Fanny recula, gênée d'avoir été percée à jour. Effectivement, elle stockait beaucoup de mots clefs comme « cohérence, principe ». Des mots qui permettaient, presque à coup sûr, de gagner une joute verbale. Elle venait de faire une recherche lorsque Elyas avait mentionné « principe ». Ce qu'elle avait trouvé l'avait mise en joie : une conversation longue, dense et un discours argumenté d'Elyas expliquant que les principes étaient le cancer de l'humanité et de l'empathie. Que l'empathie devrait toujours passer avant les principes. Elle perdait régulièrement le fil de la conversation qu'elle était en train de mener, mais elle pouvait la revoir plus tard si vraiment elle en éprouvait le besoin et surtout, elle prenait du recul sur la discussion en cours. C'était parfait pour avoir l'avantage sur Elyas, tellement impliqué.

— Je ne peux plus, je ne peux plus… marmonnait Elyas en secouant la tête.

Et voilà, il était reparti dans son mode « C'était mieux avant ». Fanny tenta de contrecarrer cette rechute, de manière maladroite :

– Ne pars pas là-dedans, c'est bien toi qui as dit, un 4 janvier, que rien n'était mieux avant et que le seul mieux que l'on pouvait espérer était celui à vivre.

– D'où vient cette manie qu'ont les trous de balle connectés de ressortir la date et l'heure de leurs « faux souvenirs » ? Vous êtes tellement dépourvus d'arguments propres qu'il ne vous reste que la datation. Pour donner un semblant d'importance au vide de votre conversation

– Merci pour le « trou de balle ».

– Ce n'est pas nouveau. Tu dois bien en avoir 15 occurrences dans ta mémoire, alors ne joue pas les offusquées. Bien avant les voitures, les chaussettes, les gants et les capotes connectées, on a eu les trous de balle connectés. Et ça n'a pas pris longtemps pour se généraliser. Comment peux-tu accepter de vivre comme ça ? De piocher dans des cases ce dont tu te souviens, ce que tu actives ou pas.

Fanny connaissait la rengaine. Elle en avait 19 exemplaires plus ou moins longs, plus ou moins argumentés selon l'heure et le taux d'alcoolémie d'Elyas. Tout de même, quelle fatigue de devoir réécouter les arguments déjà évoqués.

– Tu me fais perdre mon temps Elyas. Si tu crois que je vais rester là à te regarder m'insulter et, pire que tout, à t'écouter me dire ce que je sais déjà, tu te trompes. Si tu n'étais pas un des derniers réfractaires non connectés, tu saurais ce que je ressens. Tu saurais ce que cela apporte. Tu saurais le temps gagné. Tu veux savoir combien de temps j'ai perdu à écouter de choses que tu avais déjà dites ? Depuis que je suis connectée hein.

Seulement. Depuis 7 ans donc ? 64 heures. 64 heures de radotages que tu aurais pu m'épargner et t'épargner. Alors ?

Alors Elyas aurait aimé lui parler de prendre son temps, évoquer la poésie, le doute, la paresse, mais il n'en pensait pas un mot. Lui aussi était obsédé par son rapport au temps. Comme toute la société. Il avait simplement refusé d'y sacrifier son humanité. C'était le plus ahurissant, le plus frustrant. Il ne contestait pas le besoin d'efficacité, d'efficience même. Il voulait aussi gagner du temps, mais pas à n'importe quel prix.

Mais ce prix, qu'il semblait un des derniers à voir, était une formalité pour les autres.

— Tu sais très bien que n'importe qui peut stocker des informations dans ton cerveau augmenté.

— Ça arrive très rarement.

— Mais bordel, on n'a qu'une vie. Il suffit d'une fois. Rappelle-toi quand tu as pleuré la mort de Nabilla. Nabilla !

Fanny n'aimait pas qu'on lui rappelle cet évènement. Et d'ailleurs, ses amis connectés ne le lui rappelaient pas. Tous se souvenaient que la discussion avait eu lieu, rien ne servait d'y revenir. Ni pour les uns ni pour les autres. Mais Elyas lui, enfonçait le clou, souvent.

— Oui, d'accord, un petit mariole a lancé un virus Nabilla. Et alors ? La belle affaire.

— La belle affaire ? Merde, vous avez été 950 000 milles à chialer sur la mort de cette femme dont vous vous moquiez totalement. Cette, cette tristesse que tu as ressentie était fabriquée, trafiquée. En accédant à ta mémoire, tu as trouvé des faux souvenirs et ressenti une tristesse totalement... artificielle. Et ça ne te gêne pas.

– C'est le prix à payer.

Et en le disant, Fanny savait qu'Elyas allait se remettre à bouillir. Pas besoin de puce pour ça. Pourtant sa colère sembla retomber. Il se détendit. La lassitude semblait gagner sur la colère.

– Prix à payer. Tu trouves le marché équitable ? Des faux souvenirs, des émotions manipulées pour quoi ? Pour gagner 64 heures, sur le dos d'un ami ? Nous ne comptons pas pareil. Je pourrais te lister tout ce qui rend ton contrat inéquitable. Mais tu le sais déjà. Tu as vendu ton âme, et en échange qu'as-tu eu ? Un petit sac pour la stocker. Je te plains sincèrement.

Il se leva, regarda une dernière fois son amie :

– Il y a une autre chose que vous ne savez pas. Pas encore. Que vous ne voulez pas savoir d'ailleurs, car il est sûr, au fond de vous, que vous le savez. Nous sommes un certain nombre à refuser cette vie. Que vous soyez de plus en plus nombreux à l'accepter ne change rien. Au contraire, elle renforce notre cohésion et notre détermination.

Fanny n'écoutait que d'une oreille. Son lien avec le cloud était rompu. Cela arrivait encore. De moins en moins, mais la panique n'en était que plus forte. Et si je perdais la conversation !

– Vous nous prenez pour des demeurés parce que nous refusons un pan de la technologie, mais vous vous trompez. Nous refusons la partie de la technologie qui mange notre âme. Et les adultes sont comme les enfants, ils ne comprennent que ce qu'ils vivent. Il leur faut une leçon pour en tirer des conséquences.

Elyas dit au revoir. Ou plutôt :

– Adieu Fanny.

Il se leva, partit.

La connexion était revenue au grand soulagement de Fanny. Mais elle avait beau chercher, elle ne trouvait pas trace d'un moment comme cela.

« Un moment comme quoi ? » songea-t-elle ? Qu'est-ce que je fais là ? Et pourquoi, pourquoi ai-je un sentiment de manque ? Il me manque quelque chose. D'où me vient ce sentiment de manque ?

Nous étions une vague

On est passé à ça de la révolution mondiale. À ça ! Je vous jure, je m'en souviens comme si c'était hier. Je sortais de prison, alors vous pensez si je m'en rappelle. Le pays était parti en sucette pendant mes années de zonzon. Je m'en doutais, je le voyais à travers les journaux, la télé, le web, enfin ce qui filtrait. Mais dehors, j'ai compris que la vérité puait encore plus du bec. Le monde se balançait au bord du gouffre. Du précipice. Chacun entretenait son bouc émissaire. Son responsable, son fautif. Personne n'était coupable de rien, c'était impressionnant. Quand t'es en cabane pour un truc que t'as commis, tu peux en vouloir au monde entier, ou accepter que t'aies merdé. C'est sûr que c'est pratique de tout coller sur le dos du juif, du musulman ou du sale petit blanc qui n'a jamais été esclave. T'es en prison, mais c'est de l'injustice alors t'as pas à te remettre en cause. T'y es pour rien. Mais c'est ce que j'ai toujours trouvé le plus flippant : si t'es en taule par ta faute, tu peux chercher à changer. Si tu moisis en zonzon à cause des autres, ben, tu peux rien y faire. Ils ne vont pas se transformer pendant que tu bouffes des bites par paquet de douze. Rester passif, laisser ton destin dépendre d'inconnus ? Pas question. Même si l'injustice te rend tout plus difficile. Alors en sortant, j'ai décidé de prendre mon avenir en main. Terminé de se la couler douce, terminé de péter un câble toutes les semaines. Contrôle, focus et tout irait bien. Rester discret, tracer ma route, tranquillement.

C'était compter sans ce monde de merde, cette planète totalement barrée. Les plus jeunes ne s'en souviendront peut-être pas, mais disons que tout est parti d'une connerie de trop. Un politicard, de gauche - ahahah laissez-moi rire- s'était encore fait toper la main dans le pot de miel. Un truc bien crado, de détournement de pognon alloué aux nécessiteux. Rien d'original, tous les politiques se servent comme des chiens. Mais là, c'était le coup de trop. Plutôt que d'avouer, il a nié, les yeux dans les yeux, et son président l'a couvert. Et pour faire diversion, il a pondu une des lois les plus inhumaines qu'on n'avait jamais vues. Genre « interdiction de se plaindre », « plus le droit de critiquer un politique » et il en a profité pour défoncer le droit du travail déjà laminé. Tout pour les puissants, rien pour les autres. Un truc de politique de base, la même soupe qu'ils nous servaient, de droite ou de gauche depuis 50 ans.

Sauf que ça a coincé. Et méchamment. L'arnaque de trop, quoi.

Mais au lieu que ça exacerbe les tensions, ravive les petites mesquineries, y a eu une sorte d'état de grâce.

Comme si cette combine avait fait tomber le masque. Si vous étiez là, vous vous souvenez. Y avait plus de religieux, de petits, de blancs, de grands, de noirs, non, juste des gens devant l'assemblée prêts à pendre tous les enculés qui y traînaient. Une foule tellement massive qu'elle débordait de tous les côtés. Un raz de marée humain. Le quai Anatole France et le quai d'Orsay avaient des relents de 1936, le pont de la Concorde n'avait jamais aussi bien porté son nom et les tuileries arboraient des airs de 1789, 1792 pour être précis. Et on n'était pas là pour la plus grande paella du monde ou pour réaliser une statue de mère Théresa en pâte à modeler. Y avait pas d'enfants de chœur, mais des gens ensembles. Unis.

Moi, je suivais parce que je me disais que si ces lois de raclures passaient, j'allais vite me retrouver en cabane. Alors autant y retourner pour une vraie bonne raison.

On a touché le succès du bout des doigts. Je vous jure. Quel pied ! Trois semaines de grève générale, à Paris, à Nantes, à Bordeaux, partout. Au bout de vingt jours, tout le monde a pris la direction de Paname. On s'hébergeait, on s'aidait, c'était à ne pas y croire. D'ailleurs les politichiards n'y croyaient pas, jouaient sur l'affaiblissement du mouvement. Mais le temps lui donnait de la force : des assemblées spontanées se montaient pour qu'on écrive notre constitution, qu'on vire les escrocs qui nous manipulaient. 1789, le retour. OK, ça bastonnait grave, enfin, vous avez vu les images, lu les livres. Mais les livres sont rédigés par les vainqueurs, tout le monde le sait.

Le 21 mars, 5 millions de personnes squattaient les rues de Paname à 10 heures du matin. Cinq millions ! Le gouvernement et l'enculé de la république devaient jacter à 16h00 et quasi tout le monde savait, pensait que ce serait pour dire « Au revoir ». L'Élysée, l'assemblée, le sénat, tous ces bâtiments symboles de la pourriture, de la malhonnêteté, disparaissaient presque sous les millions de gens les entourant. L'enculé de la république pourrait quitter son palais par hélico, mais on s'en foutait. Dix heures, le 21 mars, on les tenait. On les tenait !

Et il s'est mis à pleuvoir. Beaucoup. Sans interruption. Et au lieu d'être 5 millions à 16h00, on était plus que 4 millions et demi. Le lendemain matin, il pleuvait toujours autant. Le déluge. Trois millions de personnes continuaient à battre le pavé. Une mobilisation comme on n'en avait jamais vu. Mais une mobilisation en baisse. Les autres cons attendaient la fin de la pluie à l'abri. À l'abri !

Il a plu comme jamais pendant trois semaines. Trois semaines de pluie. La mobilisation a diminué de jour en jour. Je suis redevenu fou. J'arpentais les rues de Paris en invectivant les gens, frappait à leur porte :

« Mais putain, vous n'allez pas laisser tomber à cause de la pluie ! De la putain de pluie. C'est de l'eau, pas de l'acide ! Revenez merde ! ».

Rien n'y a fait. Le mouvement a faibli, petit à petit, et ça a été fini. Chacun a retrouvé ses petits réflexes étriqués. Chacun avait son bouc émissaire, de nouveau, tout désigné.

Je passais mes journées à insulter tout le monde. « Mauviettes. Ordures. Lâches. Abrutis. Vous méritez les résultats de votre révolution. La révolution des poules mouillées. Qui vont se faire bouffer par les renards au pouvoir».

Je te parle de ça, c'était il y a près de 50 ans. Mais si tu lis ça, tu sauras pourquoi ton monde pue, pourquoi tout est pire.

Le gouvernement, se rendant compte que rien n'était plus fort que la pluie, a investi des milliards, des milliards qui auraient dû aller à la santé, l'éducation, pour contrôler le climat. Oh, pas pour devenir des maîtres du monde du climat, ou pour contrer le réchauffement climatique, non, juste créer l'équivalent de canon à neige, mais pour la pluie.

Cinq ans plus tard, ils étaient au point et dès qu'il y a eu d'autres troubles, pas besoin d'envoyer l'armée. Juste quelques canons à eau, bien situés. Aucune manif n'a résisté à 5 jours de pluie. Aucune. Ah ! elle était belle la vague humaine, disloquée à la première goutte de pluie. Nous étions une vague, une vague de cons.

La traque

Il venait d'en trouver un ! Enfin. Enfin. Un, ce n'était pas beaucoup, ce n'était peut-être pas suffisant, mais depuis le temps qu'il cherchait.

– Hey, les gars, j'en ai repéré un !

Il hurlait presque dans son casque.

– T'as repéré un quoi, Emmett ? Un des testicules que t'as perdu à la naissance ?

– Très marrant Luciano, très marrant. Non, d'après toi ?

– Mais j'en sais rien mec, comment veux-tu que je sache ?

Emmett n'en revenait pas. Ils investiguaient depuis bientôt 5 ans.

– Mais t'es con ou quoi ?

Le visage de Luciano visible en hologramme changea du tout au tout.

– Tu déconnes ? T'en as un ? C'est énorme. Qui ?

Emmett souriait de toutes ses dents.

– Pas n'importe lequel putain. J'ai le numéro 3 !

Le visage de Luciano se rembrunit. L'excitation laissait place à l'inquiétude.

– Wow, mec, le numéro 3, carrément ! C'est chaud. On est presque au « 1 » là non ?

Oui. Ils étaient presque au un !

– Tu te rends compte ! insista Emmett. Ça fait combien de temps que ces enculés se planquent ?

Tous le savaient. Depuis « La Babylonienne ». Vingt ans que ces ordures se terraient.

– Bon, faut rester calme. Être concentrés, mais sans oublier d'agir vite avant qu'il change d'endroit, lâcha Emmett. Faut prévenir les autres, fissa.

Ils activèrent les connexions instantanément et les visages de Sarah, Kuan Ti, Emilio et Nayah apparurent en hologramme.

– On les tient. On a le numéro 3, lança tout fier Emmett.

La communion fut immédiate. Vingt ans que leurs ainés avaient fait ce serment, à la fin de la Babylonienne, quand l'échec ne pouvait plus être nié. Ils s'étaient promis de les retrouver. Tous. Ils n'étaient pas les seuls à avoir fait cette promesse. De par le monde, des centaines de groupes, peut-être plus, avaient fait le même serment. Les retrouver pour les punir. Les années passant, la colère avait laissé place à l'amertume, les adultes avaient transmis le flambeau à leurs enfants, mais la détermination n'avait jamais baissé.

– OK, comment on fait alors ? Il doit être protégé non ? s'enquit Nayah.

– Oui, archi protégé, mais on l'a toujours su. On a aussi toujours su que le plus dur serait d'en localiser un.

– Pas facile de trouver un rat parmi 8 milliards hein, se moqua Emilio.

– Pas simple, mais c'est fait. Je propose une expédition punitive à son domicile, avec récupération de toutes les adresses des autres. On diffuse et si tout se passe bien, dans une semaine on clôture et on compte les morts.

Morts. La vengeance au bout de la quête. Dix ans qu'ils les traquaient, depuis qu'ils avaient envoyé les drones militaires sur la Babylonienne. Cette manifestation mondiale.

Les politiques et les puissants avaient trop abusé. Au bord du gouffre, le monde, c'est-à-dire 90% d'exploités, avait, dans un ultime sursaut, trouvé la force de s'unir au lieu de se déchirer. De Rio à Tokyo, de Camberra à Londres, de New York à Bamako, de Tripoli à Moscou, de Delhi à Mexico, le monde entier s'était allié dans une manifestation géante, délirante. Un milliard de personnes dans les rues. Un milliard de personnes devant le siège de tous les gouvernements, mairies et gigantesques corporations.

Un milliard de pacifistes bien décidés à en découdre malgré tout.

Et les rats de tous les pays, dans un élan commun, avaient réagi en deux étapes :

– D'abord, ils s'étaient cachés

– Ensuite, ils avaient envoyé les drones et les robots de

combat.

70 millions de morts plus tard, ils prirent deux décisions :

– État d'urgence permanent, tir à vue, avec ou sans sommation selon l'heure.

– Dématérialisation de tous les sièges gouvernementaux.

Les politiques abandonnèrent les belles mairies, les splendides assemblées. Sans lieux de rassemblement pour cristalliser sa colère, le petit peuple errerait, perdu. Eux continuaient à gouverner, à apparaitre à la télé, mais via des hologrammes.

Plus que les 70 millions de morts et les tirs sans sommation, cette technique étouffa toute contestation. Où descendre ? Vers quel bâtiment aller ? À qui s'en prendre ?

Depuis 10 ans, le monde vivait sous une coupe plus ou moins totalitaire. La plupart des gens restaient libres de survivre, avec un minimum vital, tant qu'ils se contentaient de consommer du divertissement sous une forme ou une autre.

Les groupuscules radicaux comme celui d'Emmett étaient pourchassés, éradiqués sans pitié.

On appelait les hommes politiques « Les rats » et il fallait surfer sur le réseau pendant des mois pour trouver une personne qui n'ait pas pour eux le plus grand mépris.

Et enfin, ils en tenaient un. Il suffisait d'en serrer un et ils pensaient pouvoir remonter toute la chaine. Identifier les autres et les faire tomber.

– Le numéro 3, j'en reviens pas, reprit Nayah.

– Va falloir en revenir, parce qu'on a 48 heures, pas plus pour passer à l'offensive, commenta Emmett. Team, j'espère que vous avez bien dormi parce que la chasse à l'homme commence.

– Yes ! hurlèrent-ils en chœur.

Tous les humains ou presque avaient perdu un proche dans la Babylonienne. Tout le monde connaissait quelqu'un qui connaissait quelqu'un qui y était mort.

Dans les années qui avaient suivi, la dictature s'était mathématiquement renforcée. Les politiques, incapables de changer d'angle, choisirent par défaut la seule solution : la fuite en avant. Alors ils avaient fui : robots soldats, drones armés, arrestation de toute personne présentant un profil moins lisse que son voisin.

Les politiques savaient que leur point faible résidait dans leur force : leur mainmise totale sur les réseaux. Réseau de nourriture, distribuée par drones, réseau informatique qui pilotait tout : voitures, avions, train, réseau robotique qui permettait de contrôler tout le reste puisque les robots faisaient tout de nos jours. Et bien sûr, contrôle militaire, toujours avec les robots.

Mais ce réseau centralisé représentait également leur faiblesse. La peur du piratage avait atteint des proportions hallucinantes : « Et si mes 50 robots de défense se retournaient contre moi » ? Chaque robot se retrouva surveillé par deux autres, eux-mêmes encadrés par un troisième. Mais la protection n'empêche pas la peur.

Aussi, tout gamin faisant preuve de capacité exceptionnelle en informatique, ou en quoi que ce soit d'ailleurs, était systématiquement mis à l'écart, enlevé à ses parents et selon son niveau de docilité, formaté pour servir l'état ou éliminé.

La haine du politique en avait encore grandi. Contre point positif, le monde s'était aperçu que ses véritables ennemis n'étaient pas le migrant, le juif, l'européen riche, l'arabe, l'étranger, mais le politique. Qui depuis des siècles avait monté les citoyens les uns contre les autres. Aujourd'hui, qu'ils soient considérés comme des rats en disait long. Cette rhétorique appartenait à un autre âge croyait-on. Mais presque plus personne sur terre ne se serait penché pour sauver la vie de ses 100 000 profiteurs. Leurs actes les avaient ravalés à leur véritable nature : des nuisibles qu'il fallait éradiquer.

Malgré tout, quelques résistants restaient mal à l'aise avec cette rhétorique. « Un humain reste un humain, si on l'oublie on devient comme eux », « Toute vie mérite respect », etc.

Emmett avait réponse à tout sur ce sujet :

– Oui, bien sûr, si nous les éradiquons, nous devenons comme eux. Mais nous ne cherchons pas le pouvoir, nous cherchons le sacrifice. Nous les éradiquons et nous disparaissons. Nous faisons don de notre innocence au monde et nous prenons sur nous tout le sang à verser. Le monde restera vierge et pourra se reconstruire.

Tout le monde n'adhérait pas à ses discours grandiloquents, les autres membres de leur cellule, et les autres cellules le prenaient pour ce qu'il était : un moyen d'avancer sans trop se poser de questions. Ce qu'ils feraient après s'être transformés en monstre, personne n'en savait rien, mais il serait toujours temps d'y penser après. Après la vengeance.

– Chacun à son poste, on commence, tonna Emmett.

Ils s'entrainaient depuis des années et chacun connaissait son rôle par coeur. Luciano, devait, de drone d'observation en drone d'observation, suivre le numéro 3. Sarah identifierait toutes les personnes à qui il parlait et transmettrait à d'autres cellules pour qu'en quelques heures, ils aient remonté la piste de tous les dirigeants qu'il aurait côtoyés. Kuan Ti les localiserait via holo, Nayah prendrait la main sur tous les robots de défense.

Emmett coordonnait et donnerait le feu vert. Enfin, le feu rouge comme on aimait à lui rappeler : le feu rouge du sang des innocents qui allaient partir dans le drame. Car il faudrait frapper vite et fort.

Cela paraissait presque trop simple songea Emmett. Et cela l'était dans un sens. Car ils étaient des petits génies. Des petits génies que des parents rebelles avaient cachés au pouvoir et élevés dans la haine des rats, dès 3 ans. Leurs parents les avaient dressés pour qu'ils se cachent, mentent, manipulent.

Ce qui paraissait simple aujourd'hui était le fruit de 20 ans de travail acharné. Le leur et celui de centaines de cellules équivalentes.

Ils avaient calculé qu'en 48 à 72 heures, ils pouvaient remonter jusqu'à 90% des rats et les éliminer dans la foulée.

Le plus dur avait toujours été d'en localiser un physiquement.

Interagir sur les drones, les robots, ils savaient faire. Ils avaient souvent fait. Mais les codes changeaient régulièrement, et ils perdaient souvent la main au bout de quelques heures. En se coordonnant bien, ils pouvaient tous les tuer en 2 heures. Les 10% restant seraient surement trop paniqués pour poser problème. Et avec le monde entier contre eux, les identifier, localiser, éradiquer représenterait une promenade de santé.

La joie d'Emmett ne cessait de grandir. Enfin.

– Tu ne devrais pas avoir un sourire pareil aussi prêt d'un tel massacre, lui fit remarquer Nayah.

– Et toi, tu ne devrais pas douter de ta mission. Soixante-dix millions de morts, plus tous ceux qui ont suivi et je devrais me sentir coupable ? Pas question.

Et c'était vrai, il ne doutait pas. Pas du tout. Il oeuvrait pour le bien de l'humanité, il en était sûr.

– H-1 les enfants, gueula Kuan Ti. H-1 !

Tout était en place. Comme dans un rêve. 88 597 personnes étaient en sursis. Il en manquait 21 056. D'ici une heure, ils avaient encore le temps d'arriver à 100 000. Les 11 000 restants seraient des proies faciles.

– H-rien ! Go. Ce fut Emmett qui donna l'ordre.

Il venait de condamner 100 000 personnes à mort.

***

– Regarde-moi ces cons. Regarde l'autre glandu avec les bras levés. Je te foutrais ça en cage moi, lança Evan.

– Techniquement, ils sont en cages. Ils ne sortent pas de chez eux, ils passent leur vie dans leur monde numérique, fit remarquer Vanessa.

– Pas faux. Mais quand même, pourquoi on les laisse

faire ? Faut intervenir là, non ?

– On les laisse faire parce que ça nous permet d'observer comment ils fonctionnent. Du coup, on arrête les autres plus facilement. C'est vieux comme le monde. C'est vieux comme Babylone, rigola Vanessa.

Le futur n'attend pas

Si seulement on me proposait un peu de changement. Je ne demande pas grand-chose. Juste une opportunité. Un truc nouveau. Surprenant. Qu'il se passe enfin quelque chose dans cette vie de patachon. Connaitre son futur à ce point, c'est du dernier déprimant. Lever, métro, boulot, dodo, week-end et rebelote. Tous les jours.

Et ce ne sont pas les vacances qui cassent cette routine. Au contraire. Elles la renforcent. Les 3 trois jours à s'écrouler de fatigue, les 2 semaines à tenter d'oublier le pathétique de sa vie et à peine y est-on parvenu qu'il faut se préparer à reprendre la route de l'ennui.

Non, ce n'est pas une vie.

J'aimerais tant pouvoir recommencer.

Je donnerais tout pour recommencer.

Non. Pas recommencer. Non, je donnerais beaucoup pour sortir de la routine, pour de la nouveauté.

Un nouveau moi, une nouvelle vie.

Bon, je sais bien que ça ne sert à rien. Mais ça ne fait pas de mal non plus d'y penser.

Est-ce que ça fait du mal, d'ailleurs ? À force de rêver d'un autre présent, est-ce qu'on ne se salope pas la vie ?

Si j'arrivais à prendre du plaisir au jour le jour. Si... Putain, qu'est-ce que je raconte ? Comment prendre du plaisir à se coltiner tous ces crétins, à faire semblant de s'intéresser à ce boulot de merde, à sourire à ces frères humains qui ne partagent que les défauts que je ne supporte pas ?

Non, non, j'ai autant de chance de m'y épanouir que de gagner un prix de beauté avec une couille sur le nez.

Pourtant...

— Pourtant, ça s'est déjà vu.

— Oh putain, qu'est-ce que vous foutez là vous ?

— Quel accueil ! Principias, pour vous servir.

— Principias, qu'est-ce que c'est que ce prénom de merde ? Et d'où vous sortez ?

— Ça fait deux questions. Vous savez pourtant que le génie de la lampe offre trois questions, pas plus. Même dans ce monde, hum, tordu.

Je dois rêver. Y a que dans les rêves qu'un petit monsieur portant un chapeau melon apparait juste à côté de vous.

— Vous connaissez l'année ? Ça doit faire 50 ans que plus personne ne porte de chapeau melon. En plus, vous êtes tout petit, ça vous fait une super grosse tête.

— Dites mon vieux, si vous insultez tous les gens qui viennent vous faire des cadeaux, ça m'étonne pas que votre vie soit si pourrie.

– Quel cadeau ?

– Ah, tout de même.

– Quoi tout de même, vous apparaissez dans mon salon en me parlant de génie, de cadeau et je devrais trouver ça naturel ?

– Je ne suis pas apparu dans votre salon, je suis entré dans votre salon, c'est différent.

– Oui, eh bien je ne vous ai pas vu entrer, alors pour moi, vous êtes apparu.

– Alors chaque fois que vous ne comprenez pas quelque chose, c'est un mystère pour vous. Vous n'imaginez pas d'explication cartésienne que vous puissiez ignorer. Ça promet.

Il est 8 heures du matin, je dois partir bosser. Mais je dors encore. Sinon ce n'est pas possible. C'est ça, je dors. Je vais me réveiller, tout va bien se passer. Mais merde, on sait bien quand on dort ou pas. Je ne dors pas. Ce nain à chapeau melon me veut quelque chose.

– Qu'est-ce qui promet ?

– Votre réaction quand je vous aurai expliqué de quoi il retourne.

– Et vous allez me l'expliquer quand « de quoi il retourne » ?

Il prend un air agacé, supérieur qui me donne envie de le gifler.

– Mais vous êtes malade.

Ah tiens, c'est parti tout seul.

– Je, je me suis oublié. .

– Oui eh bien, tachez de ne plus vous oubliez, c'est désagréable.

Il me donne des leçons. Non, mais je rêve, ce nain hydrocéphale me donne des leçons dans mon salon.

– Mais arrêtez enfin, ça devient pénible.

– Je crois, je crois que je n'aime pas les nains à grosse tête.

– Donc quand vous ne me frappez pas, vous m'insultez ?

Ce nain était envoyé par mon inconscient pour qu'il se soulage. Je devais lâcher prise, me laisser porter par le plaisir du défoulement.

– Si vous m'en recollez une, je me casse et vous ne saurez pas ce que je vous apporte.

– Mais qu'est-ce que vous pouvez bien m'apporter ? Des petits genoux de rechanges, des petits bras trop courts, des...

Qu'est-ce qui m'arrivait ? Je n'étais pas du genre méchant, encore moins mesquin et pourtant je me répandais dans la médiocrité.

– Excusez-moi. Alors, vous voulez quoi ?

– Vous offrir une chance unique.

– Pourquoi ?

– Parce que, parce que vous correspondez au profil.

– Au profil de quoi ?

– Des gens qu'on cherche.

– Qui ça "on" ?

Il regarde autour de lui, comme si les murs avaient des oreilles :

– La corporation.

– La corporation de quoi ? De qui ?

– Moins vous en saurez, mieux ça vaudra.

– Il est 8h15, je dois partir. Déballez votre tambouille, qu'on en finisse.

Il se redresse, passe négligemment une main sur son épaule droite, puis gauche, comme s'il enlevait de la poussière ou des pellicules, remet le chapeau melon d'aplomb et me dit :

– Nous vous proposons de voyager dans le futur.

– OK, je me casse et vous avec.

– Non, non, je suis sérieux.

– Sérieux ? Comment peut-on être sérieux quand on sort des énormités pareil ?

– Sérieux et je peux le prouver.

– Vous pourriez me prouver que votre cerveau est plus gros que votre nez que vous seriez toujours aussi taré.

– Si vous voulez, mais je peux vous prouver que ça fonctionne. Je vais me projeter de 30 secondes dans le futur. Regardez.

Il appuie sur sa montre et pouf, disparait.

Je regarde partout et, passé l'instant de panique, je dois

me rendre à l'évidence : je rêvais. Le soulagement commence juste à se répandre quand le nain réapparait !

– Mais !

– Alors ? me lance-t-il triomphateur.

Merde. Si je rêvais, c'était du 5 étoiles. Un rêve pareil, faudrait pouvoir le mettre en bouteille et adieu les collègues miteux.

Reprenons : ce type avait disparu trente secondes. De nos jours, ce n'était pas une preuve. Il aurait pu utiliser un de ces nouveaux matériaux qui s'adaptent à la lumière et arrivent à simuler une sorte d'invisibilité. Il a du lire dans mon regard :

– Bon, je recommence et venez toucher, vous verrez que je ne suis pas là.

– Attendez, dans le cas où il n'y a pas de truc, si vous réapparaissez à l'endroit où je me trouve, on ne risque pas de mourir tous les deux ? Genre, vous allez apparaitre dans moi et..

– Arrêtez vos boniments. La nature n'aime déjà pas être bousculée, alors heureusement que nous ne la violons pas. Non, il y a un système de capteurs qui nous fait nous déplacer pour réapparaitre là où il y a de l'air. C'est simple et compliqué à la fois, mais allez-y.

Et il redisparait. Je m'approche de sa place. Bien décidé à ne pas y rester très longtemps, mais il n'y avait personne. Rien. Je recule et il apparait de nouveau.

– Alors ? Convaincu ?

Convaincu, c'était vite dit. On ne peut pas se convaincre qu'un truc aussi hallucinant existe en deux démonstrations pourries sur un coin de table. Mais je me sens secoué.

– Alors, vous y allez ?

Je n'ai que des "pourquoi" : pourquoi moi, pourquoi maintenant, pourquoi un nain, pourquoi le futur. Je lui réponds donc :

– Non.

La taille de ces yeux passe de balles de golf à ballon de basket.

– Comment ça, non ?

– Non, j'y vais pas.

Il secoue la tête mécaniquement :

– Ça n'a aucun sens, il y a 10 minutes vous vouliez changer de vie.

– Parce qu'en plus vous lisez dans les pensées ?

Il prend un air navré :

– Avec la puce que vous avez dans le cortex, oui, bien sûr, je lis certaines de vos pensées. Je ne suis pas seul et vous le savez.

Monde de merde.

– Ça change rien, j'y vais pas.

Il monte sur la table, dans l'espoir que me dépasser d'une tête, me toiser me ferait changer d'avis. Mais c'est vraiment un petit nain alors il doit toujours lever la tête. Sa démarche n'a fait qu'accentuer le ridicule de la situation.

– Je vous propose de changer de vie, de partir dans le futur et vous refusez. C'est proprement incroyable.

– Incroyable ?

Je ne comprends pas ce que cela a d'incroyable ! Je ne vois rien d'incroyable. Au contraire, cela me parait évident.

– Qu'est-ce que vous voulez que j'aille foutre dans le futur ? C'est dans le passé que j'ai envie d'aller.

Je lui aurais tapoté la tête pour le féliciter qu'il n'aurait pas eu l'air plus surpris, déçu.

– Le passé ? Je croyais que vous vouliez changer de vie.

– Mais oui, oui, justement. C'est en retournant dans le passé que je pourrais changer de vie.

Son empathie était au maximum, et il n'en avait plus sous le coude.

– Vous voulez revivre ce que vous avez vécu pour changer ? Ce serait pas plus... logique... d'aller où vous ne connaissez rien ? Comme 20 ans dans le futur. Niveau changement, ça se pose un peu plus là que redécouvrir le jour où les frigos se sont mis à faire vos courses, non ?

Je n'ai pas envie de discuter avec ce type, mais s'il veut m'envoyer dans le futur, il doit pouvoir me faire retourner dans le passé.

– Non. Non, ce n'est pas en me pointant dans une époque où je ne connais rien ni personne que je vais m'en sortir. Imaginez, ils vont me prendre pour un débile. Je ne connaitrais rien de leur monde, il me faudra tout apprendre, réapprendre. Le temps que je sois opérationnel, je serai largué.

– Peut-être, mais niveau changement !

– Changement de merde.

– Vous leur direz que vous venez du passé et...

– Et ils m'enfermeront ! Et je ne pourrais pas leur prouver que je dis la vérité. Je pourrais juste leur faire la démonstration que je suis un demeuré qui a oublié les 20 dernières années. Il est complètement con votre plan.

– On vous propose une chance unique : découvrir un nouveau monde, inconnu, du changement comme peu, sinon personne, n'en a fait l'expérience et vous refusez.

– C'est en revivant ce qu'on a vécu qu'on peut avoir le plus de prise sur ce qui est arrivé. C'est là qu'on peut modifier son destin. Améliorer les choses. Effacer ses ratés.

Un éclair apparait dans ses yeux.

– Ah ! mais vous ne formulez pas bien le problème. En fait, vous ne voulez pas changer de vie... Votre puce est mal réglée, vos pensées sont mal retranscrites.

Et tout le mépris du monde se cristallise dans ses yeux :

– Vous voulez de la thune. Vous voulez la même vie de merde, mais avec du pognon : revenir dans le passé pour faire des paris sportifs, inventer un truc et devenir millionnaire.

Je n'avais jamais exprimé les choses de cette manière, mais, mais il y avait du vrai dans son diagnostic. Je ne peux pas lui avouer et encore moins me l'avouer.

– Pas du tout. Rien à voir. Je ne veux juste pas passer pour le demeuré du coin. Dans 50 ans, vous savez à quoi ressemblera le monde ? En plus avec les crises, l'écologie, non, dans 50 ans, ce monde sera un enfer.

Il continue à m'observer sans rien dire.

– Vous ne dites rien ?

– Qu'est-ce que vous voulez que j'ajoute ? Vous êtes un gagne-petit, un gagne-petit qui a les foies. Vous avez la pétoche. Les glaouis rétrécis. Je viens vous faire une proposition unique, pour changer de vie et vous négociez comme au bazar. Je ne peux rien pour vous.

Il ne va quand même pas me laisser planté là !

– Vous partez alors ? Vous ne me donnez rien ? Pas un petit voyage dans le temps ?

– Vous n'en voulez pas. Je peux vous envoyer dans le futur une heure, mais ça changera quoi ? Vous n'êtes pas dedans, vous n'êtes pas dedans.

– Mais ça m'apporterait quoi de partir une heure ou une semaine ? Même un mois ? Rien !

– Rien, rien, ça reste à prouver. Peut-être, je dis bien peut-être qu'on vous croirait mort et on vous enterrerait. En revenant, vous assisteriez à votre enterrement. C'est le rêve de plein de gens.

– C'est le rêve de plein de cons.

– Vous en faites un beau de con. Bon, moi, je dois vous proposer trois fois. Après, ça me concerne plus. Comme je suis plutôt du genre consciencieux, je vous le soumets une quatrième : « Est-ce que vous voulez partir 50 ans dans le futur pour y découvrir une nouvelle vie, un nouveau monde, un monde de progrès de la science, de l'humanité ? » ou est-ce que vous voulez rester à vous lamenter dans ce monde que vous détestez et qui vous le rend bien ?

– Vous me prenez vraiment pour un débile. C'est pas

parce que vous allez me le coller sous le nez 17 fois que je vais oublier ce que j'en pense.

– C'est sûr. Allez, je me casse. Au revoir.

Il vérifie que son melon est bien mis et disparait.

Bon débarras, je pense pendant les 30 secondes suivantes. Avant qu'un vide énorme ne me saisisse. Est-ce que je ne viens pas de faire la plus grosse connerie de ma vie ?

La journée s'étire interminablement. Incapable de penser, incapable de réagir. De savoir si j'avais rêvé ou pas. Douloureusement conscient que j'avais peut-être laissé passer ma chance. Je me couche en songeant que demain sera un autre jour. Un autre jour aussi pourri, mais enfin un autre jour.

Et il y eut 154 autres jours de merde. Le souvenir du nain s'estompait, mais pas celui de sa proposition. Le 155ème jour, je me levais avec un mal de ventre insupportable. Après une journée à me traîner, je me rendis chez le médecin. Les examens qu'il m'envoya faire prouvèrent que j'étais atteint d'un cancer. Un cancer compliqué, un des rares qu'on ne savait pas encore traiter. Le médecin avait bien insisté sur le « pas encore ». Longuement. Je lui trouvais une ressemblance désagréable avec Principias.

Une fin heureuse à mourir

C'était le jour du « Grand Vote » : le suicide ou le renoncement.

Si l'on avait expliqué à Alex qu'il se retrouverait face à un dilemme de cette nature, il aurait ri, se serait moqué. Plutôt la mort que le renoncement. Un choix ? Une évidence.

Mais c'était avant l'attentat.

Il avait senti le besoin de vivre ce moment avec un proche. Comme toute l'humanité du reste. Si l'on nait, vit et meurt seul, à quel moment a-t-on le plus besoin de chaleur humaine qu'à l'aube du grand soir.

Alex embrassa Hélène, l'invita à s'assoir. Midi. Ils avaient jusqu'à 20h00 pour voter en ligne.

Et pas moyen de connaitre les résultats avant l'échéance. Internet ne fonctionnait que pour le vote. Toutes les autres applications affichaient une fin de non-recevoir. Le monde n'autorisait que le « Grand Vote». Pas un avion ne volait, pas une voiture ne roulait. Le grand stand-by pour un mercredi qui aurait pu être un jour comme un autre.

– Tu as pris ta décision ? demanda Alex en servant un gin-tonic à Hélène.

Hélène sourit tristement. Et ce sourire, douloureux, représentait tous les sourires de la planète. Plus personne ne saurait sourire pleinement à partir de demain. Chaque sourire se présenterait pour ce qu'il était : incongru dans ce nouveau monde qui se dessinait.

– Oui, j'ai fait mon choix, dit Hélène.

– Irrévocable ?

– Totalement.

Alex la fixa.

– Tu vas voter pour ou contre ?

– Pour.

Bien sûr. Il le savait, ils en avaient déjà discuté. Hélène avait deux enfants. Pour les parents, le choix n'en était presque pas un.

Le « Grand Vote » avait démarré un mois plus tôt, lorsque celui que l'on désignait comme l'Assassin de New York s'était fait sauter en plein Manhattan. Avec une bombe A. De la taille d'une boite d'allumettes.

– Je comprends. Je comprends.

Il comprenait, mais il ne pouvait se résoudre à approuver.

– Tu te rends compte de ce que nous allons abdiquer ?

– Alex, ce n'est pas parce que je vote pour que je le fais aveuglément. Si c'est le prix à payer pour que mes enfants gardent une chance de survie, même médiocre, je vote pour. C'est un cadeau empoisonné, mais que me reste-t-il à leur offrir ?

L'Assassin de New York, dont le monde avait spontanément décidé – avec l'aide de la censure– de taire le nom, de nier l'existence, s'était procuré une bombe atomique au marché noir. Sa folie ne faisait aucun doute, mais dans un monde de 10 milliards d'habitants, on trouve toujours un fou prêt à se faire sauter.

– Peut-être qu'on va trouver une solution ? Peut-être que le contrôle sur ce type de bombe peut être renforcé ?

– Alex, tu ne résoudras pas ton cas de conscience en te mentant. Tu sais très bien qu'avec les progrès de la miniaturisation, n'importe qui peut se procurer une bombe atomique. Enfin pas n'importe qui, mais un nombre incalculable de gens. C'est comme ça, c'est le progrès. Tout est plus puissant, plus petit. Aujourd'hui, on peut faire sauter une ville avec une balle de tennis. Et demain ? Tu sais combien de ces bombes il y a en circulation ?

Alex ne le savait pas, personne ne le savait réellement. Mais le monde avait bien compris que ces bombes représentaient l'équivalent des kalachnikovs du siècle précédent. Pas plus compliquées à obtenir, mais autrement redoutables.

– Le monde ne peut pas vivre avec 1 000 ou 10 000 de ces bombes dans les mains de malades mentaux.

Le bilan des attentats qui avaient émaillé les cinquante

dernières années se chiffrait en dizaine de milliers de morts. Le plus meurtrier, le massacre de Nairobi, s'était soldé par 4 700 décès. Mais l'Assassin de New York avait provoqué la mort directe ou indirecte de près d'un million de personnes.

– Je sais. Mais si nous votons pour, c'est terminé. Il n'y aura jamais de retour en arrière. Jamais.

– Je sais.

Il ne pouvait se résoudre à voter pour. C'était presque une coquetterie de sa part, tant le vote semblait joué d'avance. Tous les parents du monde allaient voter pour, les vieux, ces vieux qui avaient été un cancer du monde moderne, si terrorisés à l'idée de perdre le peu de temps qu'il leur restait, allaient voter pour, car ils voteraient toujours pour tout ce qui leur permettait de grappiller une heure ou deux. Une heure ou deux qu'ils passeraient à mariner dans leurs excréments. Certains parents et certains vieux voteraient contre bien sûr, mais en masse à plus de 75%, ils valideraient la proposition.

Que pouvaient les autres, les jeunes, les sans enfants ? Il aurait fallu qu'ils votent tous contre, et encore, mais le contre était loin de faire consensus. Au contraire, même dans cette partie de la population, le pour paraissait devoir l'emporter.

Le vote d'Alex ne changerait rien, il le savait. Il modifierait néanmoins la manière dont lui se considérerait après. Son vote représentait tout ce qui lui restait, son dernier choix, la dernière fois qu'il utiliserait son libre arbitre.

– Je sais, mais je vais voter contre quand même. Je préfère mourir, enfin prendre le risque de mourir que d'accepter ça.

– Ce ne sera pas forcément mal utilisé.

– Tu sais très bien que si ! Fatalement, cela se retournera contre nous. Il n'y a pas d'exemple dans l'histoire où une telle possibilité se soit transformée en opportunité.

– Je ne sais pas, tu exagères tout, tu noircis tout. Ce ne sera déclenché qu'en cas d'urgence.

– Oui et un jour on décidera que l'urgence consiste à empêcher une manifestation, un film ou une vidéo.

Hélène secoua la tête :

– À quand remonte ta dernière manifestation ? Quel film a vraiment secoué le pouvoir en place ? Tu vas perdre quelque chose que plus personne n'utilise.

– Le contrôle mental, enfin tu te rends compte ? Nous allons voter pour que le gouvernement mondial puisse prendre le contrôle de nos cerveaux, merde !

Puisqu'il était impossible d'empêcher la prolifération des armes atomiques de poche, le Govmonde proposait de déployer une technologie récente qui permettait, grâce à un implant, de contrôler le cerveau de chacun. Le contrôle n'était pas infaillible ni total, mais il permettait d'inhiber une folie meurtrière telle que celle qui avait mené l'Assassin de New York.

Mais c'était trop tentant pour n'être pas piégé.

– Qui utilisera cette possibilité après ? Imagine un nouveau Hitler, Trump ou Valls. Tu imagines ? Tu crois qu'ils auront des scrupules ? À déclencher le contrôle juste avant une élection, pour nous obliger à baisser la tête, à dire oui, à faire de nous des esclaves ?

Hélène avait l'habitude des sautes d'humeur d'Alex. Elle les acceptait avec tendresse.

– C'est une possibilité, ce n'est pas une certitude. La certitude aujourd'hui, ce sont ces 10 000 bombes. La certitude gît dans des litres de sang à New York.

La probabilité de mourir d'un attentat restait faible pourtant, où que l'on habite sur la planète. À part dans quelques zones sinistrées comme l'Irak. Mais depuis, depuis, tout avait changé. Mourir n'était plus une possibilité lointaine, cela devenait étrangement réel.

Il ne pouvait s'empêcher de trouver que le Govmonde avait réagi avec une incroyable rapidité, que tout était arrivé trop vite, trop proprement pour que ce ne soit pas un coup monté, un complot. Mais il n'en savait rien. Il savait juste qu'un million de personnes étaient mortes.

– Mais pourquoi ne pas interdire les armes atomiques plutôt ? insista-t-il.

– Mais parce que c'est trop tard enfin, arrête ! Même si on en fabriquait plus, c'est trop tard. Et le problème se reposerait dans 20 ans, quand on pourra démultiplier la force de la dynamite avec de l'électricité, ou une batterie au lithium, où que sais-je encore. Le progrès ne va pas s'arrêter, ni empêcher les armes d'êtres de plus en plus meurtrières, de plus en plus petites. Il n'y a pas d'autre sortie.

Cette absence d'alternative lui était insupportable. Toute sa vie, il avait lutté contre les choix tout tracés, et à la fin, au moment du grand vote, il n'avait d'autres possibilités que d'abdiquer entre deux mauvaises options.

– Je pourrais ne pas voter.

– Super. Tu te sentirais mieux ?

– Non, pas vraiment.

L'heure tournait. Il leur restait maintenant une heure.

– Qu'est-ce qui nous dit que le vote n'est pas manipulé ?

Il revenait à la charge, comme si leur discussion pouvait changer le sens du monde. S'il trouvait un argument imparable pour convaincre Hélène de voter contre, peut-être que d'autres feraient pareil et, et, et quoi ? Ils auraient alors la possibilité de mourir brulés vifs par les radiations de la prochaine bombe ?

– Rien.

Non rien. Mais il fallait voter maintenant. Ils se connectèrent chacun sur leur compte, s'identifièrent avec rétine, empreinte digitale, vocale, mot de passe.

Pour – la protection mentale pour empêcher un autre grand attentat.

Contre – la protection mentale.

Novlangue toujours, novlangue partout : le contrôle mental avait muté en « protection mentale » ce qui n'augurait rien de bon.

– À quel moment on a merdé, Hélène ? Quand est-ce qu'on a pris la mauvaise route qui nous a menées là ?

Hélène qui venait juste de voter « Pour », dont le cœur brisé lui oppressait la poitrine, dit :

– Tout le temps. On a merdé tout le temps. Tous. Et nous n'avons que ce que nous méritons, toi y compris.

Postface

« Un lecteur vit un millier de vies avant de mourir. Celui qui ne lit pas n'en vit qu'une. » selon George R. R. Martin, l'auteur de Game of Thrones. En tant qu'écrivain, j'éprouve un peu la même sensation. Passer d'un personnage à un autre, d'une situation à une autre dans une frénésie créative me donne parfois le tournis. Les nouvelles permettent de toucher à tout, moins longtemps certes, mais pas moins puissamment. Pour ce deuxième volume des « Nouvelles noires pour se rire du désespoir », j'ai cherché à donner une unité à toutes les nouvelles. Pas forcément dans le style, mais dans les thèmes abordés. Un recueil d'anticipation en quelque sorte. Le monde que nous nous préparons m'obsède, comme beaucoup. Ces 20 nouvelles tentent d'apporter non pas une réponse à ce que nous vivrons demain, je n'ai pas cette prétention, mais un éclairage. Un éclairage sombre dans lequel le lecteur ou la lectrice devra apporter sa propre lumière

Comme pour le volume 1, je décris ici sommairement ce qui m'a amené à créer ces nouvelles.

Putain de cafetière

Les handicapé.e.s numériques pullulent, mais tous ne trouvent pas que les objets soient méchants. C'est en entendant un membre bien-aimé de ma famille dire cette phrase, sérieusement, que l'idée m'ait venue : dans quel monde évolue cette personne ? Que vit-elle au quotidien ? Il ne s'agissait pas d'écrire un pensum, mais plutôt, sur le mode de « La dent » ma première nouvelle, une succession d'évènements plus déprimants les uns que les autres. Résistant à cette manie de tuer tous mes personnages principaux, la chute s'avère plus légère.

Une pensée suicidaire

Le suicide fait partie de mes thèmes de prédilection. Et cette idée que l'on puisse tuer les gens qui pensent au suicide m'a obsédée pendant un moment. Comme souvent l'idée que j'avais notée dans mon fichier portait en germe presque toute la nouvelle. Dans la première version, je tuais le personnage, encore une fois. Mais ce qui pouvait ressembler à de la noirceur lors de mes premières nouvelles m'apparait souvent comme de la facilité. Alors j'ai retravaillé jusqu'à trouver une fin aussi noire, sans tuer personne.

La proposition

L'ordre des nouvelles ne correspond pas à celui de leur écriture, mais j'éprouve souvent après des nouvelles trop sérieusement noires le besoin de me lâcher. J'étais en déplacement en Tunisie, à des moments un peu durs, en période d'attentats. Et dans le taxi, j'ai écrit cette histoire quasiment de bout en bout. Elle n'a a priori ni queue ni tête et pourtant…

L'heure du choix

Choisir sa mort reste un des vœux des humains, pour l'instant impossibles, les plus prisés. Ah, si seulement. Cette nouvelle part d'une phrase « choisis ta mort » venue en marchant. Mais je ne peux m'empêcher de voir le revers de toute médaille. J'en propose ici une version : vivre plus longtemps passe par plus de souffrances. Une allégorie de la vie actuelle ?

Statistiquement pourri

La nouvelle à l'origine de cette idée de recueil centré sur le monde de demain. J'adore cette nouvelle où l'humain ne fait plus rien sans que ce soit mesuré, jaugé, évalué. Elle ne m'apparait déjà plus si novatrice tant elle résonne avec la mode du « Quantified self » et de ces applis qui mesurent tout. Mais elle a également nourri mon essai sur les objets connectés qui sortira plus tard en 2017.

Vite fait bien fait

Faire le bien pour vivre plus longtemps, dans cette vie, pas dans une autre hypothétique. Nous commençons à tout mesurer, alors pourquoi pas le bien. Ce qui existe déjà finalement : on peut planter des arbres en faisant des recherches sur ecosia.org plutôt que sur google. Mais les notions de bien et de mal restent floues et, ayant une confiance limitée, pour ne pas dire nulle dans tous les gouvernements, cela se ressent dans cette nouvelle.

Trop con pour être père

Encore un écrit défouloir. J'adore décrire ou faire parler ces cons. Sans chercher à les rendre aimables, non, juste un gros con qui s'enferre dans sa connerie. Pour le reste, je n'ai fait que reprendre cette phrase que l'on peut entendre à tout repas de famille qui se respecte « Si les cons pouvaient ne plus se reproduire ». Une proposition souvent dangereuse pour celui qui la prononce.

Immortellement con

« Rater l'immortalité à 6 mois, c'est con hein ». Cette pensée m'ait venue telle quelle, en marchant dans Paris. Pensée qui ne décrit rien aujourd'hui, mais on commence à évoquer l'immortalité pour certains, demain. Cette nouvelle est peut-être une vengeance pour tous ces ultras riches qui ne pensent qu'à vivre quelques heures de plus tandis que d'autres meurent au bout de quelques heures. Ils vont continuer à rater l'immortalité à peu de choses près…

L'agence A

Pourquoi les personnes atteintes d'Alzheimer se suicident aussi peu ? Je ne connais personne qui souhaite vivre si longtemps qu'elle finisse par manger ses excréments ou ne plus reconnaitre ses enfants. Cette nouvelle, sans apporter de réponse, propose un antidote à la dégénérescence. Elle est peut-être la plus représentative du monde qui nous attend. Plutôt que soigner la maladie, on travaille sur les conséquences…

Une nouvelle vie

Puisque l'on trouve des agences pour tout, j'ai songé à une agence qui propose des modèles de vies.

Aventurier, Exploratrice, etc. Mais en écrivant, le dialogue entre ce type qui veut changer de vie et la directrice de l'agence m'a emmené ailleurs. C'est un des grands plaisirs des nouvelles : pouvoir zigzaguer, changer de direction, se laisser porter sans arriver dans le mur comme dans un roman ou devoir tout réécrire.

Une deuxième chance

Creusant le sillon de la nouvelle vie, un autre type qui veut encore changer de vie, mais cette fois-ci, il y arrivera. Je n'avais que l'idée de ce type qui se plaint. Là aussi le dialogue et la construction se sont mis en place au fur et à mesure. La fin, noire au possible, me plait particulièrement.

La liste

Cette nouvelle n'a pas été publiée sur mon site. Elle est exclusive à ce livre. Chacun peut désigner des personnes qui seront exécutées à la fin de l'année. Cette idée pourrait faire l'objet d'un roman entier. Je n'ai pas voulu la traiter en profondeur, aussi ne suit-on qu'une journée d'un type bien énervé et bien mal parti pour passer l'année. J'y reviendrai peut-être plus tard.

L'empathie à tout prix

Des idées de nouvelles sur l'empathie, je dois en avoir plusieurs dizaines. Celle-ci restait la plus évidente, la plus simple peut-être. Je pense sincèrement que l'empathie sauvera le monde ou que le monde périra. Bon, ok, je pense que ce sera un peu plus compliqué que ça, mais l'empathie reste un de mes sujets préférés et reviendra encore. Ici, cette histoire un peu naïve se finit de manière assez cynique finalement. On ne peut pas décider pour les autres, pas comme ça en tous cas.

Au royaume des aveugles

Il existe bel et bien une appli, « Be my eyes » grâce à laquelle des voyants peuvent guider des aveugles via les caméras des portables. Et statistiques rassurantes, il y a tellement de personnes prêtes à guider qu'après trois semaines sur l'appli, personne ne m'avait contactée. J'ai poussé un peu la logique. À la première écriture, le type était seulement bourré et faisait faire n'importe quoi par bêtise, mais j'ai trouvé le propos un peu léger, alors je l'ai noirci en réécrivant la fin plusieurs fois.

Tu ne verras point

En marchant, comme souvent, j'observe et je vois ce type se retourner sur cette femme, en mode lubrique, pas distingué. Et l'idée s'est mise en place presque instantanément. Les deux amis qui marchent, la connectivité, le réseau. J'ose à peine parler d'anticipation tellement ce scénario est proche de nous. Je ne suis pas entièrement satisfait de la fin. Peut-être que je la retravaillerai pour l'anthologie des Nouvelles noires…

Le vérificateur

Combien de temps avant que nous puissions enregistrer toute notre vie ? Les premières applications existent déjà. L'idée est dans l'air du temps. Il y a un épisode de Black Mirror qui l'évoque, série que je n'ai pas encore vue mais avec laquelle certains lecteurs ont identifié un lien.

Nous étions une vague

L'idée a germé pendant « Nuit debout ». J'habite près de République et la première fois que je suis passé, pour voir, il pleuvait. Et la seule préoccupation des personnes présentes étaient de se mettre à l'abri, ou de gueuler sur la pluie : « C'est ça la révolution qui vient » ai-je pensé ? J'ai écrit la nouvelle en rentrant.

La traque

Les occasions de détester les politiques ne manquent pas. Cette nouvelle a poussé à Madrid, alors que je m'y baladais, quelques jours après des manifestations monstres et que les députés venaient de voter une loi interdisant de manifester devant le parlement (ou quelque chose d'approchant). Où irions-nous faire la révolution si les politiques virtualisaient tout ? La nouvelle a coulé presque toute seule.

Le futur n'attend pas

Une autre nouvelle un peu plus légère. Un peu le même scénario que « La proposition ». J'aime ces personnages bornés, stupides, qui refusent de rentrer dans les cases.

Une fin heureuse à mourir

Une saison des « Nouvelles noires pour se rire du désespoir » ne peut pas se finir bien. La première s'achevait sur la mort d'Adam et Eve, dans une histoire malgré tout plutôt romantique. Ici, que du noir, avec cette histoire de suppression du libre arbitre. Là encore, je vois mal comment nous n'irions pas vers ce scénario. L'idée a surgi pendant un attentat, forcément.

Remerciements

Qui remercier lorsque l'on écrit seul devant son écran ? Les anonymes croisés ici ou là et qui me donnent de nombreuses idées. Mais aussi, et surtout, toutes celles et tous ceux qui me donnent envie de quitter cet écran pour passer un moment dans la vraie vie. Toutes celles et tous ceux qui m'encouragent directement ou indirectement, me poussent, m'inspirent, me rassurent.

Merci Philippe, Nelly, Yoann, Christophe, Rym, Fabrice, Audrey, Gwen, Julie, Mourad, Michael, Minhsai, Benjamin, Bertille, Laurent, Emmanuelle, Sémi, Céline.

Et un merci particulier à mon camarade d'écriture Antony.

À propos de l'auteur

Roman, nouvelles, pièces, scénario ou encore ouvrage sur la technologie, je touche un peu à tout. Entre rire et larmes, je cherche l'histoire qui surprend, le personnage qui interpelle, la situation qui dérange, la formule qui claque, le dialogue qui percute.

Du même auteur

2016 – Mon collègue est un robot, Alternatives

2016 – Le goût de la vie, Nouvelles noires pour se rire du désespoir Volume 1

2015 – Une tarte dans la gueule

2014 – Le marketing (sans s'emmerder), Maxima

A paraitre

Mon deuxième roman noir, un essai sur les objets connectés et un court pulp paraitront en 2017.

Et en attendant le volume 3 des nouvelles noires, retrouvez des nouveautés, une fois par semaine ou presque sur :

www.valerybonneau.com

www.wattpad.com/user/valerybonneau